U0624088

2024 年 夏 之 卷

诗收获

李少君
雷平阳
主编

长江出版传媒
长江文艺出版社

诗收获

编委会

主　　　办： 长江诗歌出版中心　　中国诗歌网

编委会主任： 吉狄马加
编委会(以姓氏笔画为序)：

吉狄马加　朱燕玲　　刘　川　　刘　汀　　刘洁岷

江　离　　李少君　　李寂荡　　李　壮　　吴思敬

谷　禾　　沉　河　　张　尔　　张执浩　　张桃洲

何冰凌　　林　莽　　宗仁发　　金石开　　周庆荣

郑小琼　　育　邦　　胡　弦　　泉　子　　娜仁琪琪格

姜　涛　　高　兴　　钱文亮　　黄礼孩　　黄　斌

龚学敏　　梁　平　　彭惊宇　　敬文东　　雷平阳

臧　棣　　潘红莉　　潘洗尘　　霍俊明

主　　　编： 李少君　　雷平阳

执 行 主 编： 沉　河

副　主　编： 霍俊明　金石开　黄　斌

艺 术 总 监： 田　华

卷　首　语

　　登山的前夜我几乎没有合眼，所以在几千米逐渐攀高的路线上，我觉得自己是在云雾中梦游。身边尽是无边无际的麻栗树——它们的每一根枝干都被苔藓紧紧裹住，只剩下苍老的叶片不时泛着幽暗的光。乔木杜鹃已在十天前开败了，枝头的叶片孤单；树底落红有的腐烂了，有的被风吹走或晾干。守山人总是距我 50 米左右，时现时隐，真正引领我去往海拔 3400 多米山顶的，是森林和云雾中不时传来的牛铃声，它缥缈而又异常清晰。攀登途中，我一边喘着粗气，一边不止一次自问：为什么我要在雨季到来时一意孤行地攀登此山？所有的自问都没有答案，我的自问无非是让自己在绝望产生之前转移注意力，试图让自己沉重的肉身在问题缠绕时能够变得轻一点。但当我在两个多小时之后抵达山顶，并在一块浑圆的巨石上坐下来时，我还是找到了我登山的原因——尽管这原因更应该被看成攀登的回报，而且是后来才产生的。坐在山顶，守山人指着巨石问，你知道它们是怎么产生的？我摇了摇头。他又指了指另一座山头，那儿有上百头牛聚集在一起，争抢着什么。他告诉我，这些牛群是有主人的，但无须照管，它们的主人将其赶进森林，只会在特定的日子，背着盐巴进山，把盐巴放置在山顶上。而牛群也知道这些约定的日子，按时到山顶舔食盐巴。它们食盐之时总是欢快地用四蹄击踏山顶，山顶之土因此疏松，产生的尘埃，很快就会被风卷走——只需要十年左右的时间，深藏在土壤里的石头就会冒出来，成为一座山峰的新的海拔高度标志。这样的经验是我之前没有的，它成了我这次登山的迟到的理由。

2024 年 5 月，昆明

诗收获

2024
年/夏之卷

目录

季度诗人

组章

一人一首诗

诗集精选

域外

推荐

评论与随笔

中国诗歌网诗选

季度观察

季度诗人

认识论的早晨

/ 江离

　　江离，本名吕群峰，1978 年生，浙江嘉兴人，毕业于浙江大学。著有诗集《忍冬花的黄昏》《不确定的群山》，与友人先后创办《野外》《诗建设》，曾获刘丽安诗歌奖、十月文学奖、浙江省优秀文学作品奖、《雨花》文学奖、苏轼诗歌奖等奖项。现居杭州。

废　址

到中途我们就开始后悔
天空像一所危险的房子，接着下起了
雨，在车前的灯光中
犹如纷纷落下的头皮屑，让人烦恼
这是个难找的地址
被问到的人总是摇头，又加深了我们
发问时的迟疑
车辆前进得很缓慢，不时停下
后面就按喇叭，两旁的行人披着雨衣
匆匆进入倒车镜，挤走了仅剩的食欲
这一夜，我们在一个小旅店落脚
疲劳像洪水般流经，我们蜷缩在
自己的梦中，见到我们要找的地方
只是一个干燥的火柴盒

几何学
　　——给蔡天新

风雪过后，我把房屋搬到山顶
每天晚上漫步，在这些蓝色和白色的
星球中间，它们缓慢地移动
像驼队在沙漠，像一片树林里
我们从来没有访问过的古老种类
衰老的橘红色，一个我们不再熟悉的邻人
离开了这里，我感到担心，这也是多余的。
在我的笔记本上，我忠实地记录下
这些诞生、死亡
和两者之间微妙的平衡
似乎存在着一种结构：它们中的每一个

都在另一个之中，孤单
必须成为更大的友谊的一部分
为了永恒，就必须把时间再次分割
在我的房间内，混乱的桌椅
恰好构成对清晰的另一种表达。

回忆录

父亲死了，在墓旁我们种下柏树
这似乎不是真的。每天晚上
我都出去，和一大群人在一起
哦，柏油马路在镇南，春天清爽的气息
漫过了街道。镇北的石桥上，蔡骏又一次
说起他的女孩，这也不是真的。
我照样学会了逃课，喜欢上了公园里
一个人的僻静，照样爱上了早死的帕斯卡尔
他说人是一根苇草。是的，苇草
那么多苇草一起喝酒、打牌
有时为了谈论的夸张程度而争吵
有时我们烂醉如泥，而在半夜里当我回来
就会感到那种寂寥，那种支撑着我
又将我抛得更远的寂寥
像降落在身体内部的一场大雪，冻结了
鸟兽们的活动，尽管这仍然不是真的。

个人史

我睡着了，在一个洞穴中
如果还不够古老
那就在两个冰河期之间的
一片森林中，我看见自己睡着了

在那里，我梦见我自己
一个食草类动物，吃着矮灌木
长大并且进化，从钻石牙齿的肉食类
一直到我们中的一个

那就像从 A 到 K，纸牌的一个系列
今天，我出来散步
玩着纸牌游戏，我忧伤和流下眼泪
这全不重要，我仍然是没完成的

一件拙劣之作，时间的面具
只有一件事是值得注意的：
我醒来，如果有一天我醒来的话
发生的一切就会结束，就是这样

日 落

每一次日落都是一个神
从我们这里退场
在星的栅栏之后不知所终

我们深知奇迹不可信赖
而回到事实本身——
一头狮子的沉睡就是它的沉睡
一口井中不再有月亮升起

在一场雨之后，是植物裸露的根茎
它的光泽正在消退
一切都变得清晰了，但没有什么
可以称作礼物

在哥伦布和笛卡尔之后

是一个新的世界，在它的完整性中
没有一种命运可以成为我们的命运

鹿　群

一天不会是值得纪念的一天
我在担心我的鹿群
它们离开了我
而每一次技术听证会过后
就会离得更远一些。
已经一个星期了，雨使交通
陷入了瘫痪
已经一个星期了，我们又纠缠在
是与非的争辩当中
——这就是愚蠢但必不可少的方式吗？
灯火通明的会议厅里
我在香烟纸的背面
列出了不可征服之物的一个子集
并又一次想起我的鹿群，想着它们
对危险具有的天生警觉
却会因为鹅黄与火红间杂的美
而忘了翻越一座秋之山
想着它们的耳朵
是出于对远古风声的一种怀念
而它们所获得的记忆
不会多于一片落叶中的霜华
也不会少于雪后辽阔的孤寂
哦，麋鹿，在我睡眠的漂泊物中
多出了一对对蹄印
而我将摘取虚无主义者的虚无
献给这个你们要安然度过的冬天。

不　朽

一个寒冷的早晨，我去看我的
父亲。在那个白色的房间，
他裹在床单里，就这样
唯一一次，他对我说记住，他说
记住这些面孔
没有什么可以留住他们。
是的。我牢记着。
事实上，父亲什么也没说过
他躺在那儿，床单盖在脸上。他死了。
但一直以来他从没有消失
始终在指挥着我：这里、那里。
以死者特有的那种声调
要我从易逝的事物中寻找不朽的本质
——那唯一不死之物。
那么我觉醒了吗？仿佛我并非来自子宫
而是诞生于你的死亡。
好吧，请听我说，一切到此为止。
十四年来，我从没捉摸到本质
而只有虚无，和虚无的不同形式。

阿拉比集市

一首诗有它的原因，它的结果
可能并非如你所愿
十多年前，父亲揍了我一顿
作为抗议，我离家出走
跳上了一辆驶过的汽车。
也许你们一样，挨过揍，然后等待
随便去哪的某辆汽车将自己带走

可一首诗能将我们带到哪里？

它生产着观念，变换着花招

它在享受过程的快感中取消了目的。

就这样，我，一个莫名其妙的乘客

看着阳光下两边耀眼的树木、村庄掠过

而一阵晕眩，年轻岁月的风景

在迅速退入记忆的后视镜。

最后我们到了哪里？

一个后现代的阿拉比集市？

那么在一首诗中我应该敲碎它，拆散它

重新编织它，在里面加上反讽？

当我们不得不失望而回

事情的因果将被倒置：

我跳上了一辆汽车，离家出走

作为惩罚，父亲揍了我，那是在十多年前。

沙滩上的光芒

春日的沙滩上，一片交织的

光芒在流动

有时它也流动在屋顶

高过屋顶的树叶，和你醒来的某个早晨

那是因为，在我们内心也有

一片光芒：一种平静的愉悦，像轻语

呢喃着：这么多，这么少

这么少，又这么多

像一阵风，吹拂过簇拥、繁茂的

植物园——

但愿我们也是其中的一种

并带着爱意一直生活下去

这使我们接近于
那片闪烁的沙粒，以及沙粒中安息的众神

认识论的早晨

清晨，摄影师用三脚架
固定了一片风景
他在调整事物的景深
有一刻
一只花斑瓢虫的逗留
让他着迷

对我来说，这也意味着一个
认识论的早晨
摄影师带着移动的风景
进入新的风景中
就像我们每个人，带着偏见
寻找着相互理解的基石

没有人比他更清楚，在对焦时
花斑瓢虫越是清晰
背后的草坪就越是退入到
一种模糊之中
万物静默如谜，可见与不可见的
始终不可穷尽

我们在认识的确定性
与事物的完整之间
就像快门按下，那启示性的闪光
仍不过是一种简化的捕捉方式
在它所拥有的限度之内

而我们别无他法

对毕达哥拉斯的献词

因为无限的少数人都曾追随，
晦明不定的星空的指引，
如同毕达哥拉斯，在他的窗口仰望。
一个无边黑暗中的孤寂旅人，这以后
所有世界的阅读者、巫师、智者、炼金术士，
各自穿过了丛林、黄昏的金色海岸，
历经地狱之苦——
不是为了在一头饥饿的狮子身上
复苏它统治土地的雄心，不是在沙漠之上
建立黄金的国度，
只为在星辰的沙盘上推演，
（在理智认知和未知神明的庇佑下）
我们自身和世界之中，那不可见的统一性。

重力的礼物

白乐桥外 [1]，灵隐的钟声已隐入林中
死者和死者组成了群山
这唯一的标尺，横陈暮色的东南
晚风围着香樟、桂树和茶垄厮磨

边上，溪流撞碎了浮升的弯月
一切都尽美，但仍未尽善
几位僧众正在小超市前购买彩票
而孩子们则用沙砾堆砌着房子

---

[1] 紧邻灵隐寺的村落，坐落于北高峰山脚下，桥因白居易任刺史时所建而得名。《诗建设》
编辑部曾设在此地。

如同我们的生活，在不断的倒塌

和重建中：庙宇、殿堂、简陋的屋子

也许每一种都曾庇护过我们

带着固有的秩序，在神恩、权威和自存间流转

路旁，一只松鼠跳跃在树枝上

它立起身，双手捧住风吹落的

松果——这重力的礼物

仿佛一个饥饿得有待于创造的上帝

诸友，我们是否仍有机会

用语言的枯枝，搭建避雨的屋檐

它也仍然可以像一座教堂

有着庄严的基座、精致的结构和指向天穹的塔尖？

（赠《诗建设》诸友）

年幼的造物者

——给知非

草坪的阴影上

孩子奔跑着

自由得宛如豌豆荚耳旁的风

他搬来小石头、砖块

一个年幼的造物者

再加上枯枝、草茎和沙

一座圆形的围墙

然后，里面，一个小房子

他完成了

在未来，也许他能建造

夏日蝉鸣中的寂静

流逝的天光。失败、重整

龙象的遗迹，抓住它们

忘记它们。这样

你的呢喃是一种抚慰

你的注视使浑浊的池塘

变得清澈，你的耳朵可以倾听

一个完美的深渊

在你身边，永远有一座

空空的谷仓

而你是遗忘清单上的采集者

你是还没有生成的语言的看护人

你的磨盘日日夜夜永不停息

你将给这些废弃的枯枝、蝉鸣、悲痛

一种新的秩序

让它们转动，直到它们如星辰般

成为统一体，一个新的星系

一只刺猬

我记下了"刺猬"这个词

两个小时后，我出门了

只留下它，在一片空白的包围中

我见过它——

在暗淡的星夜、树丛、风

它一动不动地在草坪上

确切地说，我无法肯定那是刺猬

还是别的什么

我看到的不过是一团暗影

就这样，我们相持了大概三分钟
这凝滞的三分钟
像一首诗等待开启那么漫长

在我决心靠近前
它突然慢慢移向树丛，并消失了
一切都没有留下痕迹

而我也从页面上删去
我记下的：星夜、树丛、风
一切重新处于未经照亮的幽暗里

你也可以说，在我和刺猬之间
有一道裂痕，而我只是希望
将刺猬般的东西，纳入诗的秩序中

观缘缘堂

那时我还是个孩子
正为那些漫画着迷——
风筝被挂在了枝丫上的着急的孩童
放牛的孩童
爸爸背着走在静静的乡村路的孩童
相差仿佛的生活强烈地吸引着我
后来我知道，那是丰子恺所画
他的散文也同样迷人
而他的家就在我们桐乡的另一个镇上
我中学时代的一个女同学来自那里
那么古灵精怪
经常在我打球到天黑的水泥乒乓球台边
变戏法似的弄出好吃的

这也加深了我去石门看看的兴致

可事实上，去缘缘堂已经是青年时候了

再后来，我驾车带着孩子们来这里

看他们在画前欢呼

而我则移步注视着两扇焦木门板

那是经历轰炸后的遗存

苦难就像这炭黑色，指向记忆的深渊

他曾拖家带口，在战火中辗转

但直至晚年

他依然鹤发童颜

这是时间对一颗单纯、透亮的心的宽容

今次再来，看边上的大运河

在转角拐的大弯——正像那时的风云际会

而他，俨然是一只鹤，以轻盈的飞翔

穿越了时代的重负

为我们展示，在最艰难的岁月中

依然可以留下动人的细节和有趣的生活

林中的小牛犊

在哈萨克人的毡房饮过马奶茶

我们道谢辞别

来到一片杨树林的前哨

在那里，我们遇到一个牧人

他骑着一匹白马

他的皮肤黝黑，他说他有几十匹马和几百头牛羊

真是罪过，我的第一反应就是换算

这值多少钱

靠近草甸和林地的边缘

一棵白桦树拴着五头牛

有两只是刚出生不久的小牛犊

鼻子湿漉漉的

棕色的一只，正微仰着头
接受母牛的舔爱，以致站立有些趔趄
我的视线穿过无边的草原
和起伏的坡地
落向远处的天山，雪始终没有消融
几片云像补丁，挂在天的一角

石塘观海
——给陈剑冰

海景是美的，晚霞也是美的
它为万物上色，为靠岸的船只镀金
这时候，山下的市声也像一片霞彩
悬浮在街道上面，带来了十足的烟火气

那天，我在山间民宿的阳台上眺望
想起这是你的乡土、你的小镇
那时你还不知道怎样调慢生活的指针
因为寂寞的青春总是催促，像沸腾的海

一心奔向远方。只有美院的学生
来到这荒僻之地
在支起的画架上，为落日的码头、大海
和闲置的无人问津的石头屋写生

今天，当人们像产卵季的鱼类
涌入这狭长的半岛，住进预订的民宿
慷慨地为自己想象中的大海买单
有谁能想到这里会成为新潮的网红地呢

老友，我爱这种变化
世界总是以这种出人意料的方式运行着

我爱这权力和算法仍无法掌控的蛮荒
它让费尽心机者空手而回

今时的西风，来日又成东风
我们不过是，那呵出去的即将散去的雾气
而我们置身的是整个的气候
它取决于纬度、风向、潮汐力、地形

陆地又分割着暖寒流，让它变得破碎
变量如此之多，以至于我们无法准确地预测
只能称之为命运
在未来，未知不是敌人，是对我们的一种保护

让我们驻足于这海景、这霞光，感受
这一刻的宏阔与绚烂，或者把镜头再拉近一些
码头的水域上，一只落水的甲虫
趴在浮木上，它正准备独自渡过这片海峡

用语言的枯枝搭建至高的虚构之境

——江离诗歌读记

/ 谢君

1

2002 年初，在杭州，一批新诗人脱颖而出，他们就是野外诗群。其核心成员以浙大学子为主，中文系的胡人、炭马，哲学系的江离，城市规划系的飞廉，政治系的古荡，以及在浙工作的楼河。其中胡人和江离是发起人。随后，其同仁越聚越多，有泉子、方石英、山叶、余西、任轩、游离、藏马等等。志同道合是一种心的狂喜，都是年轻人，就像万有引力一样，诗让他们聚到了一起。当时，中国诗歌的历史正在翻开新的一页，基于一项新技术，即互联网的应用，诗歌论坛正在兴起。历史很少有这样令人兴奋的时刻，于是野外同仁活跃于互联网，并在短时间内干了几件大事，搞了"野外"诗歌论坛，创办了一份同名诗刊。

《野外》我收到过多期，上面也登载过我的作品。从那时起，我与野外就认识了，曾一起在杭州相遇、聚会、吃饭——我记得我曾参与过三次野外诗会。但主要是在网络上阅读和欣赏他们的诗歌帖子。感谢令人狂热的乐趣园——遗憾的是，它后来一夜之间消失了。现在，回忆江离给我的印象，我似乎能够感觉到自己正坐在北山路宝石山上的纯真年代书吧，倾听江离主持诗歌沙龙，他在那里谈论拉金、米沃什、沃尔科特。可以说，对于诗歌的激情，是江离打动我的第一个原因。其次是他的性情。江离的性格当中，有喜欢朋友和热闹的一面，每次见面，特别在喝酒时，江离无拘无束，热烈活泼，彻底暴露了他的本性。

如果说江离还有一个让我震惊的印象，那就是他的诗歌了。他对于诗歌的悟性之好、进展之快、学徒期之短暂几乎匪夷所思，似乎只有一年时间，一个面目独特的诗人就出现了。太惊人了，惊人的程度，不夸张地说，让我想到了 20 多岁就写出杰作的济慈和兰波。

事实上，那是野外同仁的快速成长时期。现在看来，野外定期举行的诗歌沙龙，这种团队的交流、磅礴的氛围，对于写作者十分重要。野外同仁当时写出了一批引人注目的作品，如胡人的《那人不说话》、泉子的《柚子》。江离似乎更为成熟，《废址》《几何学》《回忆录》《南歌子》《316 号房间》《鹿群》等诗篇一出现就广受赞誉，引起注目和议论。

《废址》是江离一个破空而来的作品，简单又复杂，极富想象力。诗意中弥漫着一种虚无和迷失的奇妙感。那些带有现象学色彩的台词——天空像一所危险的房子，雨如纷纷落下的头皮屑，地址、路人、倒车镜、小旅店——构成心灵以外的充满现代感的世界。而一个感觉与一个感觉的描绘或关联又具超现实意味，反映出心理的荒凉与混乱，而"梦中，见到我们要找的地方／只是一个干燥的火柴盒"——火柴盒的隐喻完成了一种揭示。用海德格尔的话说，这种诗意就是哲学的本质，它改变了对事物的客观感知和接受，从而有了一种超越现象的揭示——实际上，这种焦虑、挤压和寻而不得的境遇就是对现代生活的一种整体性隐喻。

写这首诗歌时，江离还是浙大哲学系的研究生。那时他的作品受到桑克、张曙光、蔡天新、韦白、阿九、叶辉以及后来的吕德安等前辈诗人的关注。他们同样惊讶于他的作品，并给予了江离很大的激励，让他的写作像上了发条，充满了动力。他的人生发生了转折，诗成了他生活中的主要志趣。诗友们三天两头聚会——在胡人的体育场路体东社区，在江离浙大边上的青芝坞，在飞廉的婺江路——从华灯初上到繁星满天，一颗颗夜星越来越明亮。

江离的诗歌有别于他人的地方就是，他总是能在日常之中，找到更广阔的视角，从一种更高处看到我们的世界、我们的存在，这可能得益于他在哲学上的学养。《几何学》就是这样一首作品，通过自然逼真毫无违和感的超现实氛围的营造，一种宇宙间的神游开始了；他惊诧于宇宙间纷繁复杂之中的那种微妙平衡——也许生命就在于见证超越有限性的那种惊奇。另一方面，诗歌的旅途，也是江离与野外诸友在别样的"山顶"的诗意漫步，更重要的是领会到个人的独特的经验："在我的房间内，混乱的桌椅／恰好构成对清晰的另一种表达。"

关于野外诗群，应该说，我与他们是知道的关系，不是接近的关系。但是，作为一个见证者，我看到了他们之间的友情：通过诗歌建立的一种特别亲密的关系。这种亲密关系最后成了一个牢固的几何图形，紧密程度就像《几何学》所描写的，是一体的："每一个／都在另一个之中，孤单／必须成为更大的友谊的一部分。"特别是在江离研究生毕业之后，他的住处换到了浙大玉泉校区教师楼，边上就是青芝坞，附近有一条全是夜宵店的马路，由于饭菜和酒相对便宜，青芝坞成了野外诗友经常性的聚会之地。在小饭馆里一起喝酒、聊天、谈论诗歌，有时通宵达旦。如果回想一下，这是一个人只有在年轻时才有的疯狂和纯真，是世界上最美好的感觉之一，而这种美好，是基于他们对诗歌的狂热喜爱的。

2

诗出于生命体验，本质上是不多的，有时候我们需要等待，等待一段时间，让生活中发生足够多的事情。感觉不强烈，最好不要写，就只能等了。我们需要等待一首诗的开启。这也可以解释，为什么我反对快速写作。

在创作数量上，江离不算多，我在微信朋友圈很少遇见；但是一旦遇见，都是佳作，需要细读。我觉得这是一种严谨的写作态度。江离严谨的写作态度，一方面是出于等待，等待生命的孤独与温暖来临；另一方面也可能源于他的审美意识，他注重具有挑战性和难度性的写作，对语言的要求也非常高。事实上，他的作品从不提供简单的理解，就像《认识论的早晨》这首诗所呈现的。

休谟说，人类应该把自己放在一个有智慧的自然世界中，而不是把思想灵魂视为与外界不相连的。江离的写作关注心灵，但也不忽略人的本能感觉与无意识，诗意在人间，他以"日常之光"看待事物，并与大地融合在一起。

诗歌就是如此，将意识与认知锚定在一片风景中。每一片风景都是无穷的，由于人的知觉的有限，完整世界是不可知的。虽然通过理性的方式，抽取与简化可以相对呈现事物，传递清晰的"一瞥"；但是一部分信息的捕捉必然导致另一部分信息的丢失，因而在宏阔的层面上它就模糊了。

因而，《认识论的早晨》所提供的见解，是基于理性认知的不足的互补性概念，不是传统意义上的格物致知——给自然注入一种"精神"或"超灵"，用以照亮和领会其核心的东西，用朱熹的话说即"一草一木，皆涵至理"。

对于诗歌而言，我们可以清晰地瞥见，但无以提供确定性的认知。因而诗歌的重点是通过召唤想象力唤起意识在已知和未知的边界上运作，以此走向更加宽广的思维构架。也可以说，在文本中制造一个形而上的空间，使诗歌本身成为一个放置冥想轨迹的无穷态领域。

也许正是从这样的认知出发，江离的诗歌闪烁着休谟、康德以及后来的玻尔的经验光芒，但又不放弃怀疑。世界基于经验认知，但又不可靠、不可知，这种悖论始终支配着他的想象力的体现。比如《日落》这首诗，日落来去，落霞微淡，长期以来，这一直是诗人惊奇的话题，无论是"夕阳醉了"的魏尔伦、"有一种低声道别的夕阳"的桑德堡，还是"西风残照，汉家陵阙"的李白、"青山独远归"的刘长卿、"芳草无情更在斜阳外"的范仲淹、"断肠人在天涯"的马致远，无数的诗人都在捕捉这一熟悉的环境模式。因为这是天空在夜晚黑暗来临之前的物理状态，这样的诗歌通常传递一种哀叹，以共振的方式交会着个人与历史的悲喜。

江离拾取了这一传统的场景符号，但他所展示的，是对于人与世界认知的冥想或沉思。他试图以事物的存在与消失，来坚持对存在的追问，并将"人是什么，我能知道什么，我应当做什么，我可以希望什么"这种康德式的哲思声音注入他的诗页。

在《日落》一诗中，哥伦布开启了地理大发现时代，让人类最终走向一个天赋人权、平等和自由的世界，一个没有国王、没有国教、没有压迫的新世界。笛卡尔作为近代哲学的始祖，让人类回到自我、回到心灵与生活。江离借助哥伦布和笛卡尔这两个西方历史人物的引用，编织宏大的叙述，增强了这首诗的外延和内涵。

无论是《认识论的早晨》《日落》，还是《个人史》《鹿群》《沙滩上的光芒》《微观的山水》《一只刺猬》等，在江离的诸多文本中，我们可以发现他的诗歌与哲学思考的相关性。很多时候，他的文本是哲学认知的一种溢出。他以目光的瞥见去证实视界的宏阔与无尽，用哲学的思辨去探究和辨析世界的繁复，而寻求的人的存在指向自由与无待，接近于维特根斯坦所说的边界超越，在眼睛后面的虚空里发现另一个世界。如其在《南歌子》中所写：收获一粒豆子就是收获一片南山。一片不朽的南山就是最高的具有一切可能性的存在。在这样的意义上说，江离的诗歌似乎在制造一座认知的圣殿，并试图在那里点燃一支启蒙的蜡烛。

3

江离的诗歌除了哲思感知，另一个吸引人的地方，我觉得是他的超验与场景扭曲能力，即想象力和幻觉力量的调用。事实诗意，所见所得，在当下的中国诗坛是一种普遍的写作实践和类型，已经普遍到被广泛地简化为平淡乏味的对话与信息交流。这实际上是诗歌艺术品质的降级，也就是美国评论家玛乔丽·佩洛夫所说的：诗歌创造已经变成了一种平淡无奇的家庭手工业，专为那些智力不足的阅读者而设计。事实上，科学已经发现，宇宙不是一个机械的可以还原的装置，它看起来更像一个有机的生命体，并在进化过程中促进更高层次的复杂性。就像量子物理学所说的，物质和意识似乎神秘地交织在一起。因而表达越是清晰、准确，就越是机械；宇宙越是可以理解，就越是毫无意义。

显然，江离对此有充分的认识，因而他的诗从来不止步于写实性质的再现与表征。一言以蔽之，他的创造力重在人的想象力，接近于史蒂文斯在《致一个高调的基督教老妇人》一诗中所提出的观点——"至高无上的虚构"。在某种程度上，如果说诗是想象力的游戏，我认为它应该更加有趣和活泼。

《阿拉比集市》与此前提到的《废址》一诗具有同质性，甚至同源性。年少时江离曾离家出走，跑到杭州玩。他跟一个同学坐了一个多小时的公共汽车，到了杭州市中心的武林广场，华灯初上时也不知道该去哪里逛。于是两个人买了电影票，在一个叫"银座"的地方看了一场电影，然后找了个小旅馆，窝在那里睡了一觉。如果将《阿拉比集市》明确描述为一次杭州之行，按照这样的真实事件逻辑，这种写作是容易的，但是，诗歌的魅力也就与我们擦肩而过了。

事实上，江离从来不做一首诗通常应该做的事情，而是突破惯性思维，以惊人的胆识偏离阅读预期。在《阿拉比集市》一诗中，他将乔伊斯短篇小说集《都柏林人》中的篇名"阿拉比集市"放在诗的中心，从而创造了具有高度想象力的隐喻，也制造了诗意的不确定性。对于我们最后所能抵达的地方——"阿拉比集市"，是外部的空间和地点，还是内部的精神乌托邦；是令人慰藉的美好天堂，还是"不得不失望而回"的后现代梦想破碎之地，由于诗意的模糊而让我们在阅读中获得了更大的联想。与此同时，"我离家出走"的因果逻辑——是作为抗议，还是作为惩罚——叙述者有意地将之处理成因果上的可倒置的结构。这样的写作表明，江离质疑智力的平庸表达，拒绝情感的浅显直露，他所探索的是诗歌摆脱惯例的能力。这种写作是大胆的，对于阅读者而言需要相当的耐心，但正是江离诗歌一个令人喜悦的标志。

与此同时，《阿拉比集市》也隐含着一种虚无的诗意：由时间的快速流逝而带来的悲观和晕眩，即使在"年轻岁月的风景"中。这种现实世界"并非如你所愿"的残酷性、生命的有限性，在江离的诗歌中时时涌现，应该是长期停留在他的意识中的。

他的诗作《不朽》带有自传与回忆色彩，叙述的核心是父亲的逝去。那一年江离刚刚 14 岁，生活永远改变了。父亲走后，江离喜欢上了书店和公园，在那里寻找一个人的僻静的地方。他偶然读到了帕斯卡尔，通过阅读帕斯卡尔，在生命的脆弱、悲观、虚无和迷惑中，找到了一个支点。这就是帕斯卡尔的启蒙：人是一根有思想的苇草，肉体脆弱，但思想使人区别于万物并获得尊严。

也许从那时起，父亲的形象渐渐被赋予隐喻功能——在江离诗歌哲思化的语境中。在《不朽》一诗中，诗人似乎听到父亲的声音说："记住这些面孔／没有什么可以留住他们。"父亲的死亡"始终在指挥着我"去寻找一种思想，以便能够使人区别于万物并获得尊严。所以江离说，他诞生于父亲的死亡。换言之，这构成了江离生命中的一次转折、思想上的一次觉醒。因而这首诗带有自传性但也不仅仅是自传，诗意重在生命价值的感知。

受助于哲学的教益，江离的诗歌作品常常体现出庄子式抒情的寂静与自然，也带有西方思维中对于自我的怀疑。在全球化和技术化范式转变的今天，人的困惑，作为一个不断受到流动的日益复杂的环境影响的主体，自我的抵达与实现很难逃脱光锥之内就是命运的困扰，因而他的诗意也流露出自我被广大的存在淹没的空无与空洞。因而，江离想象力的冒险，倾向于让叙述最终走向失控和迷失。这体现在《阿拉比集市》中，也体现在《不朽》中。这样的语言风景接近于济慈所称的关于"消极能力"的书写——不急于追求具体的意义，而提供诗意上的不确定、神秘和怀疑。

4

"世界之大，比你所能梦想到的更多。"（莎士比亚语）乡村里的童年，小镇上的少年，县城里的才子，西子湖畔的诗人，概而言之，这是江离的人生简史。在童年时代，江离跟随母亲生活在嘉兴乡村。关于乡村与童年，江离说，记忆最深的是在屋檐下倾听雨声，雨打在屋顶上，打在屋子周围的竹林、桑林、田垄、水塘和芭蕉上，而自己在读课文，母亲和外婆在打毛巾——使用棒针编织纱线制成物品。这个记忆感觉特别棒，特别宁静，很舒服。

显然，雨，以及避雨的屋檐，是江离生命感知中的重要符号。这两个符号后来不断出现在江离的诗歌中，作为事物静止与流动的形状，作为内部与外部之间具有张力的存在，或者作为温暖与深情的隐喻。如果细读江离诗歌，你会对此留有较深印象。

《重力的礼物》是江离一个重要的文本。这首诗为《诗建设》全体同仁而写，是为了纪念一段特别的时光。在2010年前后，由人文情怀深厚的企业家黄纪云出资，在灵隐寺边的白乐桥社区，一幢白墙黑瓦的排屋被租下作为编辑部，于是《诗建设》在北高峰下创办了起来，主创人员是李曙白、胡澄、泉子、胡人、江离、飞廉。在那里，江离前后住了三年半时间，直到2014年搬离。

白乐桥、灵隐寺、钟声、群山、溪流、庙宇、殿堂、屋子，它们是遗存的历史风景，也是诗人居住的世界。诗人对此加以抒情刻画，呈现了自然景观散漫而固有的秩序。与此同时，借助感官的瞥见，诗人用三个生活细节增加了现场感——在小超市前购买彩票的僧众，用沙砾堆砌房子的孩子以及在树丛中跳跃着的一只松鼠。以这种现象学的细节，江离为叙述提供了一个向上的脚手架。他的措辞中包含着喜悦，也包含着反思——世界尽美，但生活未必尽善——欲望和存在密不可分，一切在倒塌，又在重建。在心灵与世界、内审与外观互动的叙述中，诗人强调了一个瞬间：跳跃的松鼠忽然在树枝上立起身，捧住了被风吹落的松果——这是重力的礼物。

　　这首诗最富感染力的部分，在它的结尾，它是与诗友的对话、与当下的对话，也是与未来的对话。奇妙的是，这种对话是通过一系列视觉图像的并置——避雨的屋檐、教堂、庄严的基座、精致的结构和指向天穹的塔尖——隐喻地发生和提供的。也就是说，在近距离观察细微的客观世界后，最终，诗意意外地与人类终极的关注联系在一起，使得语境走向深邃、宏阔和开放。

　　这是一个谦逊而又坚定的结尾，通过《重力的礼物》一诗，在诗意发展的节奏上、在隐喻符号组织构建时所表现出的非凡匠心，我们已经可以看到江离对于叙述的复杂性的掌握能力，也可窥见其写作重心——从易逝的事物中寻找不朽的本质。

　　从这个诗歌中所隐含的强烈情感，我们还可以看到江离对于朋友的热情。在这里，江离所提及的《诗建设》诸友我是知道的，他们多数是野外同仁，从野外时期起携手同行，彼此欣赏尊重，友谊迄今已经持续了 20 余年。事实上，诗早已成了他们生活中不可或缺的一部分。随着时间推移，他们依然在前进并正打开一个新的未来。简而言之，他们基于不同认知路径和不同维度的写作——"面对时代的庞然大事，探寻语言的光辉、道德的价值和可贵的洞见"[1] 的努力——已成为当代中国诗歌的一股重要的力量，并拥有广泛的读者群。

　　在一个快速的世界，一切都是快速的。如今，江离在杭州已经生活了 26 个年头，超过了在老家桐乡的时间。一个少年成了丈夫，一个儿子成了父亲。九年前，为了尽孝，他将因脊椎侧弯而行动不便的母亲接到了身边居住，并时时陪着，如同少年时母亲到濮院小镇陪伴江离读书。对于江离而言，在他的生命与成长过程中，母亲的生活始终是沉重的，"在苦境中支撑"。幸而那时的母亲年轻、坚强、

---

[1]　引自《野外二十周年专辑》序言。

乐观，这种温暖毫无疑义是江离避雨的屋檐。他的第一部诗集《忍冬花的黄昏》的扉页上，写着"献给我的母亲俞金明"。他在序言中写道："诗是一种奇特的际遇，它微不足道，但在一定意义上又是如此重要。"这就是江离在心灵深处对于诗歌的一个看法。

通常，为把孩子拉扯大，一位致力于奉献从而成为避雨的屋檐的母亲，是了不起的母亲。诗也如此，当一个诗人致力于创造出避雨的屋檐，并让他者在此屋檐下体验或感受到意想不到的情感力量与生活理想时，他才是一位与众不同的诗人，足以被称为博大的好诗人。这不只源于技术性的写作经验，更重要的在于将生存的重力视为礼物，在于与夜空中灿烂的星光一样的同理心。它毫无疑义地包含福柯关于实现全新的自我时所说的"关怀的实践"在个人和世界之间构成的伦理平衡。唯有如此，构建美学意义上的避雨屋檐，或者说有着庄严基座、精致结构和指向天穹的塔尖的教堂才足以成为可能。显然，江离对于诗的定位，标记了他对于诗的独特认知，也反映了他的使命，以及持之以恒的实践——接受活在当下的重力的礼物，并用语言的枯枝搭建最高的虚构之境。

万壑无声

/ 飞廉

　　飞廉，本名武彦华，1977 年出生于河南项城，毕业于浙江大学，著有诗集《不可有悲哀》《捕风与雕龙》，参与创办《野外》《诗建设》，现居杭州。

大雪日为龙葵而作

八十年代那些阳光灿烂的日子，
当北京上海朝气蓬勃的青年们
整天忙着读《局外人》读《恶之花》
写朦胧诗创办《今天》杂志，
我这人类幼崽正带着瘦小的身影
踯躅在河南寂静的田野
采摘你紫黑色的小浆果。那时候，
乡人们都喊你"天米"，
母亲解释说，你是上天赐给人间的粮食。
兄弟，抱歉，我很迟才知道
你真正的名字叫"龙葵"，
恭喜你，但愿我们这些平凡的物类
都能拥有这样响亮壮观的名字。
我也很迟才认识到我家门外
坏脾气的沙颍河
是中国最古老的大河之一，
从《左传》涌流至今，
这构成了我今生最大的寓言。
一年将尽，今夜，听着雨声我想起了你，
兄弟，2024 年让我们继续努力，
你多结一颗果，人间就多一粒米，
我多写一首诗，天上就多一颗星。

在黄公望隐居地

初冬的下午，
我开车来到你晚年的隐居地。
富春江还是七百年前那般清澈，
似乎我只要用手机扫一扫江水里的

二维码，你就会立即现身，
用奇怪的常熟口音
为我讲述你的时代。
纵然山上因再无人砍柴而草木繁盛，
纵然山上多了几座"白娘子永镇
雷峰塔"式的电塔，
这山也依然是你画入《富春山居图》
的那座青山。
此刻，天如此之蓝，
风如此和暖，似都跟你有关。
我一次次来到这水边山下
也因你的缘故：尽管我这外省无名诗人
根本理解不了你的伟大，
也不配向你致敬……

天柱山雪夜：赠陈先发

天下着雪，
在天柱山 1100 多米的山崖上，
在葛洪炼丹的湖边，
从积雪的松树下
走到灯下，今晚我们喝古井
酿制的新酒——"观沧海"，
水晶酒瓶雕刻着
曹操伟大的诗句。
今晚，就用这美酒的烈焰，
浇铸我们内心的凛冽。

化　鹤

中秋刚过，我来到长生路。
——经孝女路、菩提寺路，

向西走到尽头就是西湖；
向东走，若在南宋，
即来到浣纱河——
今晚，喝了点酒，我步子很轻，
凉风吹衣，我怀着化鹤的冲动。
今晚，我走在长生的路上，
今晚，我将走出这可怜的、灯火
摇曳的人间。

酒后雪夜游西湖

悠悠荡荡，我们走过
白居易铺设的白沙堤。
粗野的笑声惊扰了她的迷梦，
这棵八百年的香樟树
盘着另一条修炼的白蛇。
就算她醒来
化身俏丽的小娘子
降临人间，我们也太老了，
老得像那断桥下
断头的残荷。
宝石山上保俶塔灯火辉煌，
我们站立的地方，
在南宋是一座关王庙。
天飘着金粉，
这片最销魂的湖水，
自古以来
只繁衍市井和风月。
夜太黑了，我们这群老恶棍，
再不《猛回头》，
就会走进冯小青、苏小小的坟墓。

林冲雪夜上梁山

那雪正下得紧。那雪，到晚越下得紧了。

这次轮到我来品尝绝望的滋味。

朔风渐起，纷纷扬扬一天大雪，
只有大雪，才能壮你我那胸中杀气。

那雪正下得紧。那雪，到晚越下得紧了。

在塔里木河边

公元 651 年，
一位突厥人
像我一样孤身在塔里木河边
捡着石头，
每块石头代表了
过往岁月他杀死的一个敌人。
破烂的绿绫袍
告诉我们，他正是
突厥汗国那位末代可汗——
几年前，唐朝的郭孝恪将军
在博格达山击溃了他的军队，
逃亡途中他失去了战马，
继而在史书中失去了名字。
一千三百多年后，
白杨陡峭，
行洪前的塔里木河悄无声息，
我捡着石头，
我这颗河边

长大的中原人
突然感到自己身上流淌的血
来历不明。
我高耸入云的鼻梁，来自祁连山
还是秦岭？

橘　园

在河南项城聚雪为山，
望着塔里木河
我怀念沙颍河，
来福士塔上读《雷峰塔》，
嘉善偶遇倪瓒……
甚至李商隐写下《安定城楼》
也是为了助我
在 2023 年 11 月 4 日
下午 3 点 21 分
快步走进沉香村橘园。
看哪，一耸身，
我这兔鸣叟 [1] 就远离了
潦倒多病的人间，
跃上枝头，
变成一颗金灿灿的橘子。

魏塘谒吴镇墓

晚年你住在嘉兴东城门外的
"醉李春波陋室"，
不远就是宣公桥。
"蝉声初响，凌霄花开。南风时来"，

---

[1]　项圣谟别号。

你对着窗前的竹子作画，
隔壁，小儿佛奴诵读《孟子》……
信笔娱嬉，
酒后你画出了屈原心中的渔父，
进而超越了你我共处的这片江南山水。
"愁来白发三千丈"，
在魏塘，你的墓前，
你突然对我说：
"我们的作品都配不上我们的不幸，
而伟大的艺术
有时更像是伟大的屈辱。"

为一位颍河旧游而作

当我们想到这里是孔子讲学的地方，
当我们每天看着颍河的数千年长流
告诫自己必须要有所作为，
事实上除了逃离
在这中原小城
不可能有任何作为，
县城中心火电厂巍峨的烟囱压迫着
每个人的眼睛……

知味观三楼，
一瓶珍酒迅速帮我们恢复了
少年时代的亲密；
那日夜朝颍河排放黑水的味精厂
不到二十年
就泡沫般消失了，
大河清新如我们儿时，
如魏晋时……

打鸣记

我担心它们走出院子，迷失在辽阔的麦田……
麦收时节，开始打鸣，先是一两声，
最后婉转成曲，一天到晚，争鸣不已。为了小母鸡，
相互争斗，一场混战。
立秋前后，先是勇敢的一两只飞到树上，
接着，所有的都飞到了树上，啄食繁星和露水。
——13岁之前，我从未出过远门，完全不知
三里之外，一条著名的大河已流了数千年，
脚下这片土地，也早在4500年前，
就被伏羲定为世界的中心，之后又发生了无数
惊心动魄的大事。——13岁之前，我俨然
一只小公鸡，在那小小庭院里，鲜亮地打鸣。

七月十五望月记

今晚是秋虫的天下。那深藏在骨头的
裂缝里，随我走南闯北，
时常饥饿的那只蟋蟀也加入了合唱。
昨晚无风，清露滴我衣裳；
今夜风来，白杨枝头刀剑齐鸣。

这面目全非的自行车，
少年时代最忠实的朋友，它随我走过不少迷途，
最终把我带上了世俗认可的正路。
潦草如命运，红砖墙上，
残留着我初中时用铅笔乱画的电路图。
二十几年一直挂在墙角的老葫芦，
竟倒出了一把我藏在其中被忘记的爆竹，
当年我们同样抱着粉身碎骨的决心

要离开家乡，去那广大未知的世界。

凌晨两点，远处传来了鸡鸣；
月下，两只猫
追逐着掠过墙头，
一闪即逝，
恍如我三十六年的人生。

水　寨

那时我们的县城很小，
只是一座依水而建的寨子，
最热闹的老街直通颍河。
祖父是这座小城有名的公子，
好读书，会写诗，
颍河码头做着水运的生意，
随着他的手势，
各地来的货物分散到
县城的大牢、闺房、睡眠
乃至血液里。
一甲子之后，九十年代，
废弃的颍河码头
开了几家录像厅，
我成天逃课，沉迷香港电影。
一天黄昏，我走出大观楼，
眼睛疲惫，分不清蝙蝠和燕子，
我用颍河的流水洗脸，
我呆望着远处的捞沙船，
我想起祖父的事业，
我为自己的前程深深发愁……

郊区灰鹊

每天早上我路过那根废弃的水泥电线杆，
独竖在一小片菜地。
杆的顶端，一个潦草的鸟窝。每天早上，
两只灰喜鹊，
有时站在客运中心那壮阔的广告牌上，
有时盘旋呼啸着，
对着川流不息的人群，对着群山似的建筑，
对着那恢宏绵延的电塔，
喳喳，喳喳，叫着，
封建社会的公鸡那样清亮地叫着，
19世纪的火车那样惊人地叫着，
苏东坡那样倔强地笑着叫着……
我惊讶极了，对生活抱有如此巨大的热情，
它们简直不该生活在这里。

春分日，湖边散步

这一湖春水，寒澈，昭然，可以惊愚，
可以明污，就像弘一大师
站在我们眼前。当年他演茶花女，
写"长亭外，古道边"，
当年他叫李叔同，当年我们都太紧张了。
而此刻，在"平湖秋月"，
我们似乎终于可以松一口气，
我们的大笑，像苏东坡的鼾声那样响亮。
是的，当然要继续写诗，
用"小谢清发"的姿态，
"两句三年得"的固执，
自在而又艰难地

更新古老的汉语。

宝石山日暮

流水冲洗着碗碟，
全城吃杨梅。
桃花弄口，南华书店转让，
新开了一家宁波银行，
老人们用杭州话谈论国事，
一个小女孩突然忧虑明天的考试……
我是宋玉、凌濛初，
我是电线上起落的观音燕，
我是老虎窗前那只孤单的麻雀——
风吹动香樟树，
吹动竹衣架上挂着的床单，
晚霞渐渐暗淡。
在我最好的年龄，我出色地
描绘过这远古的风声，
我在"拍案惊奇"系列
写下了我看到的每一个动人的细节。

马塍路上的姜夔

在这个盛夏的夜晚，
一阵急雨过后，
我走在姜夔当年走过的马塍路。
八百多年过去了，路旁的小店
依然卖着茶叶和丝绸，银行取代了当铺。
我们快步慢步走着，怀着各自的忧虑。
在黑暗的巷口，我们走到了一起，
灯光下，我们分开，
一阵风过，梧桐枝头蝉的惊鸣

像闪电照亮我的单衫、他的短袍。
他一再提起合肥的那个女孩，
在他看来，国破家亡都抵不上少年情事。
夜深道别的时刻，
他向我祝贺，为我写出的那些出色的诗句。

向秦岭淮河致敬的诗篇

今晚，我失眠在横断山脉一根断断续续的纬线上。
这些年，一列秦岭淮河走向的雕花木床，
让我安稳地沉睡、做梦，
露往霜来，风化为秦岭淮河微不足道的一部分。
我，一块界别南北的青石，
渴望把自己的诗篇融作谢朓和杨衒之的混合体。

方岩胡公祠有怀

那时，四海雍熙，八荒平静，
秉一颗宽仁之心
赵祯等人轻而易举就做成了
中国最好的皇帝。
喧天箫鼓，道路之间洋溢着欢声和气，
这姓胡的年轻人
这消瘦的婺州书生，他来到了万国
之中繁华的汴梁城——
他将见证一个伟大王朝的兴起，
他将结识范仲淹这样杰出的朋友，
他将在北宋鼎盛的时刻死去：
他把衰败和荒凉留给千年之后的开封，
把方岩的鸟鸣
把万里秋风留给我辈。

秋夜读黄庭坚集

北宋王朝，鱼在深藻，鹿得丰草，
而你骑一匹钝如土蛙的瘦马，
东西南北穷山远水投荒万死，
苍崖绝壁摘一把石耳，
老杜诗集里化身一条蠹虫……
一大群杰出的朋友，寒而极清：
苏轼文章妙一世，
司马光人如大雅诗，
沉静如雷晃无咎，
对客挥毫秦少游，
而我家楼下这满园子的蟋蟀，
多像你的老友陈师道，闭门觅句，彻夜苦吟。
读完你的诗集，天近黎明，
阳台上的盆菊，挂满露水，仿佛你写给我的信……

秋夜读黄庭坚

陈师道赠你荔枝，
何十三送蟹，黄从善寄惠山泉，
王炳之赠石香鼎，王舍人剪送状元红，
杨景山送酒器，周文之送猫儿，
王才元拿牡丹换你的字……

洮州绿石砚赠张文潜，
虎臂杖送李任道，
双井茶送孔常父，送蛤蜊与李明叔诸公，
椰子做的帽子送给小儿子……

写退堂颂、铁罗汉颂，

以香烛团茶琉璃献花碗供布袋和尚颂，
缺月镜颂，清闲处士颂，墨蛇颂，
枯骨颂，髑髅颂，葫芦颂，
劝石洞道真师染袈裟颂……

写观世音赞，
江南李后主梦观世音像赞，
江氏家藏仁宗皇帝墨迹赞，
东坡先生真赞，
自比翰墨场中老伏波，写自赞五首……

题伯时画严子陵钓滩，
题晁以道雪雁图，题胡逸老致虚庵，
题老鹤万里心，题刘将军鹅，
题落星寺，题孟浩然画像，
题王黄州墨迹后，题王晋卿平远溪山幅，
题襄阳米芾祠，题子瞻寺壁小山枯木……

拜刘凝之画像，
丙寅年，写十四首效韦苏州的诗，
喝着碧香酒，次子瞻韵，戏赠郑彦能，
冲雪宿新寨忽忽不乐，
过洞庭青草湖，
红蕉洞独宿，
听虎号南山，
写闵雨诗后当夜下雨，喜不能寐，写喜雨诗，
一生最爱苏子瞻，比之李太白，
大喜，当得知有人苦学老杜的诗……

雨水日遣兴

邻家春节从故乡带回一只公鸡，

每天凌晨一两点开始啼鸣，

白天更是讴歌不已——

文辞粲然，

翻译出来，大概也是《说难》《孤愤》一类文章，

大概也梦想着

太史公那样"述往事，思来者"。

宰杀之时，长鸣的激烈，

更让我想起谭嗣同。

而我这次还乡——孔子教礼的地方，

只有那群雪后的白鹅，

至今仍保有一点子产、袁安的庄严……

万壑无声

《古木远山图》《对坐江山图》

《溪山深秀图》《临水双松图》，

画啊，画啊，这些十七世纪，郊寒岛瘦，

早年清润、晚年萧瑟的遗民。

咬着黄山、白岳的石头，

渴饮新安江的寒水，

《晴山暖翠图》在他们笔下，

也如此荒冷……

画啊，画啊，多少静如太古的时代重临，

直到嗜酒如命的汪之瑞，

在太平兴国寺的黄昏，

替我们所有人画出了这幅《万壑无声图》。

岁晚感怀

每到腊月，水杉高枝上的鹊巢

就水落石出，像山林之间
寂寞的小庙。这些从不沾染俗尘的
白鹊，在这风雪猛烈的年代，
而今也敛羽散落人间，跟麻雀争食。
午后，我不过多睡了一会，
窗外的这座山，就不再叫作落星山，
山上的石头也不再叫作落星石，
山顶那座七级宝塔再也不能登临
远观海日。那跟我同上葛岭
天天一起醉酒的黄景仁，此刻正在
栖霞岭的青竹上题诗。

腊八孤山即景

到处落着蜡梅和山茶花，
有人折几枝供在林和靖、冯小青的碑前。
有人走在山道上，像灰鹤独舞；
有人满腹破破烂烂的河南旧事；
打太极的老人议论枯荷的
效用；十几年前，有人在这棵
沙朴树上刻下谈桥女孩的名字……
孤山，阵阵寒云。

清王朝的行宫只剩下断石，历劫不磨的
是鸟鸣和蜡梅的香气。
几番风雨，秋瑾的造像，猛一看
更像观音菩萨。

乱　石

这些来自尧山、黄山的石头，
这些小雁荡、小峨眉，

这些在渭水、汉江，在通天河
沉者自沉、浮者自浮的石头，
这些被流水消磨
平凡乡愿的石头。这些梦里
深藏着寒武纪、白垩纪
热烈阳光的石头，就像我狭小的身体
寄住着昏睡的鲁智深，
而你一再用微笑冰封阮籍的哭声。
这些星光熄灭的石头，
这些胡乱堆积的石头，
就像一群哗变被斩首的士卒，
滚落满地的头，瞬间被野草吞没。

小寒怀远

春日，这些熙熙攘攘的小黄车，
这些昨天还落叶满地的小黄车，
今天一早，就随着她的远去，消失了。
甚至在理发时，也没有勇气
跟镜中那个熟悉的陌生人对视。
来自鄱阳湖的理发师，
他手中的剪刀像湖里的水鸟，
在我头顶萧索的芦苇丛翻飞。
门外，邻家老祖母
安慰着大嚼皇帝柑的孙女：往后
下雪的日子多着呢。

青楼满座，只因人心寂寞，
今年雨水下得太勤，
九华山下查德盛兄弟的坟恐怕站不住了。

西溪河寒雨

寒雨，西溪河边，跟老友喝"剑南老烧"，
在我们当年的逍遥游之地，

此时，正落着春雪。
那清瘦的影子早已颍河沉璧，二十多年

不见，身边各自多了一个无辜的孩子。
西溪河涨水，隔雨相望，对岸江南布衣

灯火通明，
三五女子年少色盛，忙着试穿春衣。

嘲　雨

春雨茂密，像钱塘江辽渺的春水，
所有的鞋子都漂在水上，
所有的睫毛都挂着烟云，
高楼上孩子们寂寞的笑声也湿漉漉的。

雨中，猫一闪而过，
消失在流水桥弄的小巷深处。

在这多雨的江南，
读着《警世通言》，你像这雨声
一样陈旧、固执，
你用十年的光阴，写下这本单薄的
小诗集。

早秋忆曹丕颍河行军

玄甲闪耀日光，猛将胆气纵横，
旌旗数百里，大军南征。
他坐在船头，肚子隐隐作痛，
酒菜冒着热气，像我从小摊买来的一兜烧饼。
牡丹花开，大雪落下，
几个月水上行军，
在《三国志》只留下短短两行文字。
早秋午后，
颍河边，有一种全军覆没的寂静，
蝉惊飞树枝折断的寂静，
小时候天突然黑了我在河边大哭的寂静。
天上晴云杂着雨云，
有一片云，河目海口，忧心忡忡——
曹丕的幻象：
午睡被鹤唳惊醒，
他轻声对王粲说，只有文章是不朽的盛事。

在白居易墓前

当衣冠清流，被投进黄河，永为浊流，
山上的石头，就纷纷化作猛虎。
世间过于凶险，
总要有人幸存下来，代我们生活，
代我们写诗。
他的前半生，流离颠簸；
晚年，香山之上，望着龙门的流水，
望着西山落日下的万千石窟，
他感佩那些无名匠人：数百年的艰辛劳作，
猛虎，在他们的凿刀下，一一成佛。

远望马六甲海峡

在山顶，我远望暮色下的马六甲海峡，
这海上的十字路口，历史的咽喉。
落日焚烧寂静，
海鸥慢飞，像秋风扬起的灰烬。
我已走得太远，我渴望归途，
我要带着这些滞留异国的远征军亡魂[1]，
回到那片古老的大陆，
沉睡的大陆——
秦岭淮河分割南北，黄河长江平分秋色。
征服世界是他人的事业，
我只想苟活在
我的祖辈世代都不曾离开的三尺乡土。

梦杜甫

这邪恶的首相，终于一命呜呼，
历史上很少有人因自己的死
给同代人突然带来如此巨大的释放和欢欣；
十九年不间断的阴谋诡计，
他几乎凭一己之力就把辉煌的盛唐
拖入深渊。
两年后，眼睛近乎失明的
安禄山（他的母亲
是突厥的巫师）范阳起兵——
高仙芝无力镇守潼关，即刻处斩；
华山未能预言这可怕的叛乱，
根本配不上"金天王"这崇高的封号。

---

[1] 马来西亚有中国远征军墓地。

李隆基，我们英武的皇帝、
天才音乐家、慷慨的艺术赞助者，
很快，就要放弃他心爱的贵妃，
接着失去帝位，
成为《长恨歌》《长生殿》的主角，
一再被李商隐嘲笑。
逃亡途中，酒后，我和杜甫
谈起过往数十年的和平年月，恍如梦幻：
那时，他四处壮游；
我往来洛阳、长安贩卖茶叶，
运气很好，发了笔小财，
天宝六年，娶了一位美丽的小妾……

风格内部的情感动力

——读飞廉的诗

/ 楼河

　　飞廉是当代诗人中新古典主义写作的一个标志性诗人。在我看来，构成这一标志的原因既有写作策略的因素——它是种主动的选择——也被个人经历决定——在此意义上，诗人的选择同时具有一种被动性质。具体来说就是，新古典主义既是飞廉诗歌的风格塑造，同时也被他的个人偏好、家庭出身、成长经历和阅读背景推动。我曾经讨论过，飞廉诗歌中有两类显著的主题。一种主题与经验有关，具有阶级特征。在这类主题中，诗人深刻地感受着人存在于世界中的被动性、不可能，因而认识到人的生命历程必将表现为一种斗争性。诗人在这样的作品中，总是十分敏锐地感受着人，尤其是一个中国人，更具体地说，是带着故乡农村底色的、与他具有亲缘关系的普通人，在他们生命过程中遭遇的危机。而另一类主题是朝向自由的，是诗人关于自己想要成为怎样的人的期望。这些作品具有很强的文人气质，在这些作品中，飞廉常发怀古幽情，不过尽管不无凭吊之意，但依然代入式地设想着一个理想化的知识分子生存空间。显然，正是后一种主题更加强烈地标注了飞廉作为一个新古典主义代表诗人的形象，我们尤其能在他的一些人物诗中看到这点。然而，对于任何成熟的作者而言，写作的多重主题总是杂糅在作品内部的，我们很难定然地指出，这些作品的主题是被动的，而另一些作品的主题是主动的；或者这些作品是关于个人经验的，而那些作品是关于普遍历史的。但我认为，对于被动性的不可能性与主动生命潜力，以及个人性与普遍性的共同关注，是一个诗人实现其充足性的保证。

　　由于同为野外诗社的成员，我对飞廉的诗作算是比较熟悉的。作为一个忠诚的读者，通过飞廉被收录于本书的这些诗作，我发现了新的变化，这个变化让我觉得他比过去的自己又多了一种新的勇气。我称这种勇气为爱的能量的扩充。飞廉的诗一直都有一种很深的与人亲近的愿望，无疑是充满爱的；但这种爱被性格的羞怯与意志的广度限制在相对特定的地域与人群中。他爱自己的故乡，也爱他现在生活的地方；他爱自己的家人、朋友、童年伙伴，也爱和他性情相投的古代士人。这些爱尽管繁多，但我认为依然有所局限。然而，在这些新近的作品里，我看到他的爱有了宽广的世界性，他已经越来越超出自己偏爱的地理与文化概念，而把诗人特有的那种感情投注到跨越文化与国族的异域时空了。其中不仅有对国内少数民族地区文化和历史的热切关心，也有对异国英雄人物的强烈兴趣。这无疑是更加宽广的爱，它不再是从个人经历出发、在生活中通过体验而被启发的爱，而是带有了对人类的普遍信念，理解了人作为目的性存在因而内含了生命的尊贵性而充满了自豪感的爱意。我认为这种爱意实际上让人的感情由慈悲的关怀升华为对伟大的礼赞，赞美人普遍的内在着的精神可能。这无疑也是人的精神朝向更加自由的一步，它将带来这样的启示：我们不是被自身条件局限着、只能与之抗争的被动生命；这些局限同时塑造了我们的可能，带来对生命更加丰富、充实的感受。在我看来，正是这种更加强大、更富有自信的爱的感情，使得飞廉的诗即使仍然采取了过去的主题，但依然产生了新的形式和领悟。我们会发现，尽管飞廉的许多作品依然是关于故乡或古代文人的，但与过去那种停止在通过复述人物命运以抒怀的方式不同，诗人在现在的作品中加入了更多论述性的内容，显示了理性注入后的力量。诗人越来越能够摆脱主观情境的约束，将他的诗歌对象放置在一种可以比照、审视的维度上进行理解。换句话说，在我看来，飞廉现在的写作表现出了更大的开放性，而这种主题上的开放性映照了意志的更高能力。

　　从《拜城途中所想》到《在塔里木河边》，再到《读〈暾欲谷碑〉》，构成了一副《草原帝国》的视角，既是历史性的，也是地理性的。但对于诗歌来说，真实世界里的这些历史性与地理性共同构建的，其实是种存在的神秘性。在这里，从宗教感悟的角度上来说，诗人一贯采用的代入身份式的写作方法具有交感巫术的潜质。三首诗有着相似的结构："我"来到某地，或者"我"得缘遇到了某物，因而在此地此物身上遥想到曾经发生的事件、曾经存在的人（他们主要都是英雄人物）。在我看来，诗人在这些作品中感悟到怎样的观念其实是不重要的，重要的是这些奇遇为何发生。似乎冥冥中有种力量推动着"我"与他们今日的相见，并在相见后让"我们"之间显示出了一种相关性，这一相关性里蕴含了因果，构建并充实了这个复数第一人称。我认为，尽管飞廉越来越尝试着在诗歌内部注入理性之思，但总体上依然是个感性化的诗人，他的诗是在预设的信念中解释未知现象的，而不是相反的，即通过已知的现象推论未知的真理。在信念前提中，世界中各类陌生的、尚未理解的现象注定会被联系起来，彼此具有亲缘性。对这种陌生中的亲缘性的感受，是一首具体的诗得以产生的具体动力；但现象之间的亲缘具有怎样的形式，仍然是有待探索和理解的目标——由此生成诗的具体内容。采用这一视角，我们来读《在塔里木河边》这首诗，或许会是一次别有趣味的阅读体验。

> 公元 651 年，
> 一位突厥人
> 像我一样孤身在塔里木河边
> 捡着石头，
> 每块石头代表了
> 过往岁月他杀死的一个敌人。
> 破烂的绿绫袍
> 告诉我们，他正是
> 突厥汗国那位末代可汗——
> 几年前，唐朝的郭孝恪将军
> 在博格达山击溃了他的军队，
> 逃亡途中他失去了战马，
> 继而在史书中失去了名字。
> 一千三百多年后，
> 白杨陡峭，
> 行洪前的塔里木河悄无声息，
> 我捡着石头，
> 我这颖河边
> 长大的中原人
> 突然感到自己身上流淌的血
> 来历不明。
> 我高耸入云的鼻梁，来自祁连山
> 还是秦岭？

诗歌中所说的被郭孝恪击溃的"突厥汗国那位末代可汗"究竟是谁，笔者知识浅陋，尚未得知。我相信很多读者也会和我一样，对此知之不详。但这一知识的欠缺并不影响我们感受这首诗的氛围，因为我们拥有和这首诗的作者相似的历史意识，能够在"公元651年""突厥人""塔里木河""唐朝的郭孝恪将军"等词句中获得必要的信息，从而产生相关的联想。在这里，甚至有种更大的可能是，由于我们对此历史事件所知有限，并且大概没有生活在历史中的"突厥汗国"界内，因而其中的人、事和地理风景，对我们而言是没有除魔的。我们被作者带来的陌生知识与体验，带入到了一种魅惑的氛围中，进入对前科学时代的神思，因此，我们同时也是被作者预设的信念牵着走的。跟随诗人的笔触，我们看到诗人在他面前的陌生场域中处处发现了自己与"末代可汗"的关联："他"和"我"具有的相似性——"一位突厥人／像我一样孤身在塔里木河边／捡着石头"；和"我"发生了对话——"告诉我们，他正是／突厥汗国那位末代可汗"；唤起了"我"的情感——"白杨陡峭，／行洪前的塔里木河悄无声息"是充满了感情的景物描写；驱动了"我"的行动，这一行动意在对"他"的感情做出回应——"我捡着石头，／我这颍河边／长大的中原人／突然感到自己身上流淌的血／来历不明。"在最后的"我"以行动做出的回应中，我们读到了一种具有怀疑主义色彩的自我反思。但这一反思并不是理性的，没有朝向除魔式的分析，而是走进了更深的神秘："我高耸入云的鼻梁，来自祁连山／还是秦岭？"祁连山与秦岭在这里显然象征了两种身份的来源，从理性的角度上来说，我们可以将这两行诗解释为作者试图向我们展示个人身份（血统意义上的）具有多重可能性的观念——在我们身体里的基因序列中，也许有个片段秘密地延续了这个"末代可汗"的血统。但从诗的角度，我们却可以读出更加丰富的阐释空间。如果"我""身上流淌的血"来自秦岭，"我"可能是"唐朝的郭孝恪将军"的后人；而如果来自祁连山，则更有可能具有末代可汗的基因。那么，如果"我高耸入云的鼻梁"同时来自祁连山与秦岭之时，是否意味着一个人身上存在着自我交战的潜力，如郭孝恪与"末代可汗"的交战那样？对于这首诗，"我"与"末代可汗"的关联方式融合了弗雷泽在《金枝》里阐述的巫术原理：相似律与接触律。在相似律——"一位突厥人／像我一样"——内部，诗歌展示的是世界向我们敞开的被动性机遇，冥冥中，我们偶然发现这个世界里似乎存在着另一个自己，由此驱动了内心中认识世界的兴趣，并意图通过行动来建立彼此关联的方式进一步了解这"另一个自己"，进而去了解整个世界，因此产生诗的接触律。这种巫术式的理解方式，意在说明，对于飞廉的诗，由此物向彼物进展的联想的方式，比其中展示的推论过程更加重要。在这个意义上，飞廉的诗具有了另一种更加重要的中国文学传统：比兴传统。

在《诗经》阐发的赋、比、兴三义中，飞廉的诗可能会让我们觉得"赋"的成分更重。但我认为这种看法是表面化的,赋对于飞廉而言,更应该属于诗的现象而不是诗的动力。也就是说,尽管飞廉的诗在内容上有比较多的描述性成分,但推动这些描述发生的实际上是兴,而在兴与赋之间建立关系的是比。这是一套因果关系的结构:兴是驱动性的原因,它内在于诗人的主观性上;而赋则是兴的结果,表现为对世界现象或事件的描写或叙述。换言之,我认为成就飞廉诗歌风格的内在关键是他的主观偏好,这种偏好既构成了诗的动机,也构成了它的目的,但并不构成诗人自身的目的。在我看来,诗人自身的目的仍然与爱的感情有关,它构成了所有作品最内在的动力。回到作品中,我们似乎就可以这样说,新古典主义风格实际上是诗人主观性的一种完形,因此作为写作策略——一种手段,它在某些时刻是可以被替代的。我们于是能够在飞廉的作品中读到许多没有古典元素的诗歌,《越南纪行》《远望马六甲海峡》等作品就属此类。

> 在山顶,我远望暮色下的马六甲海峡,
> 这海上的十字路口,历史的咽喉。
> 落日焚烧寂静,
> 海鸥慢飞,像秋风扬起的灰烬。
> 我已走得太远,我渴望归途,
> 我要带着这些滞留异国的远征军亡魂,
> 回到那片古老的大陆,
> 沉睡的大陆——
> 秦岭淮河分割南北,黄河长江平分秋色。
> 征服世界是他人的事业,
> 我只想苟活在
> 我的祖辈世代都不曾离开的三尺乡土。

——《远望马六甲海峡》

这首诗可能来自诗人的某次旅行,诗的前景是观览性的,它同时成就了"兴"的起点,以审美的方式发出一种精神的震颤,波动了心湖。风景在这里是客观世界的偶然性向主观世界投掷的一粒石子,进而发生了必然的反应,在灵魂的回返中让风景主观化,获得了情感的姿态。"暮色下的马六甲海峡"是完全客观的陈述,但到了"落日焚烧寂静"以后,"海鸥""灰烬"等物象便向我们呈现了情景交融的特质，然后才有了情感的直接展示："我已走得太远，我渴望归途，／我要带着这些滞留异国的远征军亡魂，／回到那片古老的大陆"。最终结束于对情感的安顿。

飞廉诗歌中普遍存在的内外而内的具有"兴"之特征的情感结构，让我更加相信，我们并不能通过主题、风格、题材等因素真正认识一个诗人，对于每个成熟而真诚的诗人来说，尝试去理解每件作品的内在动力可能是更加重要的。但我们也许会悖谬地发现另一点：诗歌隐蔽的内在动力总是需要通过它外在的形式和材料才能得到认识，从而让我们不得不回到对诗人风格的讨论上来。

《侠义英雄》

68cm×68cm

水墨纸本

罗彬 绘

组章

在你遍布山野的花的凝视中

/ 蓝蓝

震 惊

仇恨是酸的，腐蚀自己的独腿
恶是地狱，装着恶的身躯。

眼珠在黑白中转动
犹如人在善恶里运行：

——我用它看见枝头的白霜
美在低处慢慢结冰

居然。

对德国诗人说

如果一个人爱上了一匹马
那么他们就会成为一个马人
从古希腊的山林里走出来

在古代的中国，两个不幸的恋人
活着时不能在一起
他们就会变成蝴蝶飞到田野里去

那是人间的帝王无法管辖的地方

我曾幻想长出翅膀，在天空飞
现在，你知道，我成了一个诗人

如果我愿意，我能飞到南极或
喜马拉雅山的雪峰，借助
那些诗句——它们无所不能

想象生下它们。——

想象是什么

是渴望融入另一个人或事物的爱

写诗，就是通往善的道路
而善良就是对他人的痛苦的想象力

火车，火车

黄昏把白昼运走。窗口从首都
摇落到华北的沉沉暮色中

……从这里，到这里。

道路击穿大地的白杨林
闪电，会跟随着雷
但我们的嘴已装上安全的消声器。

火车越过田野，这页删掉粗重脚印的纸。
我们晃动。我们也不再用言辞
帮助低头的羊群，砖窑的滚滚浓烟。

轮子慢慢滑进黑夜。从这里
到这里。头顶不灭的星星
一直跟随，这场墓地漫长的送行
在我们勇气的狭窄铁轨上延伸

火车。火车。离开报纸的新闻版
驶进乡村木然的冷噤：
一个倒悬在夜空中
垂死之人的看。

诗人的工作

一整夜，铁匠铺里的火
呼呼燃烧着。

影子抡圆胳膊，把那人
一寸一寸砸进
铁砧的沉默。

一支短歌

麦子，我愿成为被你的麦芒
刺痛的叫喊；我愿成为你一阵黄金里
的昏厥；成为你婚礼上秘密的客人
你叶子的绿色情郎，和
滑过我嘴唇的麦粒的恒星。

玫　瑰

她是礼服。离开植物学或
修辞学的戏台后

也是。

洗碗布旁过于洁白的封面。

即便没有别的鲜花，她们
仍然是女王。

每一个都是。

被卑微加了冕。

自然的肖像

彩色的，黑白的；
你在青草上起舞。
窑洞里，船舱中；
你在波浪上起舞。

风穿越这一生，
单簧管吹奏你，
缓慢之乌龟轻踏你的身体。

你是里拉琴模仿着羊儿悲伤的脸，
你是飞扬的马鬃活泼的舒展。

你这自然的肖像，
被什么样的手绘成？
什么样的雷霆，
造就了如此炫目的闪电？

用泪滴、锁链、花朵，
用悔恨、痛击、比大地更辽阔的童年。

河海谣

里夹河和外夹河
拥抱着大沙埠奔涌；

穿过葡萄园和苹果林，给苦涩的海
带去甘甜的雨水和雪水。

屋顶上的瓦松，
姥姥头顶的白云——

一条河在哀哭，另一条在欢笑
载着资阳山的眺望
一直流到芝罘海岬。

窗纸上的小洞啊
姥姥大襟下的一窝星星——

我在沙滩上奔跑，蓝色的血
从脚底流进我的身体。

海风摇晃着柳树
小舅舅骑在树上玩他的弹弓——

松木船桨记得他的名字
大沙埠，当你漂向大海时
他是你带走的那个孩子。

妈妈呀，听我为你唱这支河海谣
你的呻吟日夜烧灼；
你的两条河，在我身上燃着了大火——

中微子

一个声音在向我讲述你。
黑夜的树梢掠过一阵风。

声音是想象力和注视在恋爱，我警觉到
你穿越我的太阳穴犹如子弹无声。

讲述在继续，而树梢的风在搬运一列列山脉
并把我四季的低语和燃烧偷走。

你穿行于生殖和死亡里的人，无法阻挡
那是一阵慢下来的风一样的风，忽然又刮起

它低低抹平着虚无的光滑背脊
干得漂亮！我木然叹息

但是谁交出了被俘获的你？从哪一条光芒的轨道，
还是波浪连着波浪在无尽的黑暗中？

是谁使我支着脑袋想，惊悚
如一匹黑暗动物从我额头上破栏窜出……

隐身的词，作为诗人我寻找它的逃逸之路
在时间的密林、爱凝视那无底的岩洞深处

犹如我们得以呼吸的命令所允许
这一切多么美，几乎没有质量的、掀动宇宙的野蛮之力。

菜市场

　　但今天你不再罗列那些湿淋淋的植物
　　案子上高挂的鲜肉。
　　你的篮子里有一座叹息的邮局
　　有黑色的手在裂口。
　　有骡子和马油腻的屁股在四季里
　　闪闪发亮。
　　你的目光里有吵架的日子
　　有农夫们和妻子张开的剪刀
　　和镢头那恶狠狠的挥刨。
　　你吃他们的眼泪
　　吃他们做爱时的疯狂。
　　你的嘴饱满而鲜艳
　　关紧群山崩溃时的诅咒和祝福
　　就在
　　一颗洋葱剥开的深渊旁边。

（选自微信公众号"原乡诗刊"，2024 年 2 月 18 日）

无解十六首

/ 张典

无　解

1

我说但你不必听，乱弹琴的妙处在于
聋子的耳朵装点了一座公园。
请原谅，不是我不讲道理而是因为
道理都被吃饱的人拿走擦屁股去了。
此刻，你看到的我是一堆乱石，
卧在冬日的草丛里，像过时的某种观念，
在冷风中坚持不一样的完整性。
空气里密布各类问题的刺，必须披上
无知的甲胄，才能免于为愚蠢流血。
我牧养自个儿的风马牛；我从字典里
牵出一头四不像；我弹奏省略号：
用句点连接成的乐器，在午后的公园飞。

2

除了肉的意义，是否有必要守护
那微微颤动的美学的体魄以及
开合自如的伦理的器官？当时间尽头的

刽子手紧盯生活的脖颈，那倒霉蛋
昔日的善恶从他身上如云烟飞逝。
我时常感到，身体的客厅里，
各路亲戚高谈阔论，飞短流长，留下
一堆线索，诱我探寻传说中的"灵魂"。
而当我低头进食，或出门扔废物，
我会觉得自己就是食物和垃圾。
无用之物反复的缠绕以及不经意的
松绑，使那承受不幸的血肉时现时隐。

3

在语言扩张的视野，飞虎与龙
掠食着我的四下扑腾的意识，显出它们的轮廓。
其实我并不着迷于异象，只因为在黄昏
公园的长椅上，看着即将振翅的
落日中的黑鸟，心中涌起无可名状的恐惧。
花猫穿过树篱，昆虫拱响落叶，视野中
残存的绿色会不会点燃我：嘭的一声，
化身为绿巨人。其实我知道，老虎终究会
卸下鸟翅，龙也会将身体归还给
此刻正冬眠的花蛇……我日益干涸的意识，
或许能哺育一只鹤，从浅水处飞往天际。而在
恐惧的深处，我乐意用美少女的意识拥抱一堆白骨。

4

揳入湖底的木桩上蹲踞的白鹭
肃穆如一位教授，凶悍（被刻意隐藏）
如随时雄起的小兽。八角亭中，
我捧着书本，浓郁的无知与怯懦
在胸腔弥漫，有点儿混浊。

鱼虾或深或浅，游荡于不安的梦境，
在白鹭的意念里，它们是一段引文
或一个课题，而在永恒的饥饿里，
它们是练习死亡的劬勉的一族。眼下，
我有两个选择：埋首书页，使唤字句间
忠实的奴仆；投身凛冽的湖水，
以全部的肉感，供养一只巨大的胃。

7

等待我去填充的圆形虚空，
是一条透明的隧道，通向思想的尽头。
每一次，早上或傍晚，当新鲜的
或裹满风尘的我站到它面前，
顿然就会有一种被剥离的感觉，如同
某种动物硬生生从我身上撕裂，
——纯洁或污秽，鹤童或黑熊，
夜晚的连绵怪梦或白昼更迭不已的妆容，
消失殆尽……哦，镜中的云烟。
仿佛它深处盘踞的章鱼及时地祭出
隐形的吸盘，揭走了我的画皮，
每一次临镜，都难免披露一具荒凉的骨架。

8

夜晚有夜晚的暴力，但我已练就
壁蛇的绝技，匍匐在自家的檐口。
海水将尖叫的鱼群抛向内陆，
星空朝帝国的黑窟投掷长矛。
堆放南场的一堆木头变身凶鳄，
追咬着一地落叶幻化的猕猴。
鸽棚里酝酿着一场信息革命，

不远处的通信塔立着哨兵。
蚁穴弥漫远古气息，而穴外的号叫
像黎明不堪忍受帝国的反击。
老天和老天爷准时点校大地的经卷，
我呢，哧溜一下，蜷身多梦的壁龛。

9

九万里高的蓝鸟落到窗台，
三千米长的蓝鸟就是一枚小可爱。
Ta 说：可爱，可爱。我说：少来，少来。
此刻我正被一首诗折磨得死去活来。
它说：进去，再进去点，最里面的
朵朵花儿为你开。我说：滚蛋，
老子已玩腻了你深沉的爱。
诗的深处是骷髅，表面不过是皮毛，
但外面如此美好，傻瓜才那么急躁。
这会儿蓝鸟在构树的秃枝上鸣叫，
突地直上云霄，余音袅袅……
Ta 说：逃鸟，逃鸟。我说：不要，不要。

10

打麻雀的当儿，我看见一条狗
正玩弄一只苍蝇，然后看见
从苍蝇的快感中升起一棵栗树。
那是在五月，栗树花散发出
男人的某种气味，一扇小门
打开了树身，孩童们鱼贯而出。
我认出其中的一个，多年前
已经死去，就在不远处的池塘。
此刻那条狗追撵着一群母鸡，

咯咯咯，着火的母鸡纷纷下水。
我看见一条大鱼跃上了屋顶，
屋顶上，少年的我正张弓擎云。

12

如果天空是白痴云集的智库，
御风的鸟人势必折翅而返，
他们永生的梦想永远是梦想，
他们人间的权杖刹那崩断。
如果天空是粉头星聚的议院，
青面的骚客就会油尽灯枯，
他们的后院会燃起熊熊烈火，
他们的银行瞬间堆满粪土。
——就这样我昼夜仰首窥探，
像一只安插在细民中的探头，
云彩和星辉是多么地狡狯，
掩饰着漠漠蠢相、浩浩淫威。

13

　　每况愈下的局势
　　　　——约翰·阿什贝利

他还没走呢，债主
或许债户，脸像一团雾，总是冷不丁
从门缝钻进来。邻居在吵架，
飞机向东海飞去，导弹当然不是
我们的菜，这儿也不是地震带。
昨天的火灾？还是想想中午
要不要喝点噻。去你的中东，去你的
马里亚纳海沟，去你的火星。

账总要清的，醉成蝴蝶也枉然。他说，
你走不掉，我在这里，我就是你；
喏，地球是圆的（生活也是），那里是太平洋，
这儿，是我们的厨房、青菜和一个妻子。

14

叨叨叨，祭出分裂的镜面，
捕花妖，抓蛤蟆精，养美人鱼，
用来砍桂也好（在玻璃深处的月亮），
饮酒更好（与坟头的刘伶）。
嘚啵嘚啵嘚，对着一棵老银杏，
吹唐朝的风，淋宋代的雨，
元就算了（但我喜欢忽必烈），
明、清，只是树根里的回声。

继续你的碎碎念，一生二，二生三，
三生有幸，阿弥陀佛，急急如律令。
实词在空气里钓鱼，虚词扑蝶，
吧唧吧唧，七天了，我尊你为上帝。

15

同事一早谈股市，但他谈的
是琴，为什么不谈草呢？草的学问
对我来说了如指掌，也可以
聊聊风或马，至少它们与我有点关系。
其实我的脑海有点儿浩渺，
不仅星移斗转，而且鸡毛蒜皮。
我用天文学与户籍警的眼光
看着两重天的冰火、十八层的世界，
看着我的女人和孩子，在客厅
谈论我的年龄。年龄？来呀，老吾的老。

年关已至，都挺好的……朋友发微信说
落雪了，推窗看看，不大，但有下大的意思。

16

一年将尽，自我的喜剧还在继续，
躺平、寻死，奔走、觅活，
复死与复活，那辽阔舞台上的枯荣
无解也无趣，但难免还得继续。
猜猜，下一位亮相的是谁？
幕启处，互搏的人儿像两股烟雾
绞在一起，显露出我的轮廓：
这贯穿全场的小丑总有甩不完的包袱，
前会儿，刚与一头猎豹竞跑，
下一刻，就缠着一只白鹤共舞。
这个惯会自黑、自白、自红的人呀，
吹着自我的泡泡，但不做自我的主。

17

去菜场的路上，天空暗淡，
稍许的雨丝飘着。
黄昏的紧迫感攫住了所有
动态的事物，也带动静默的东西
修饰自身的形象，比如，
梧桐扔掉一阵风认为多余的树枝，
根据河水的建议，一座桥梁
微微拱起。在略显羞涩的街角，
老同学认出戴口罩的我。
"多年未见。""嗯，多年了。"
多事的风夹着雨吹向我，
我像一条暗河，将他拖向水底。

18

半夜出门的人会长毛,
会成为巴甫洛夫的狗,因为
月亮如红灯,星星摇响了铃铛;
因为他肚子饿,灵魂也是。
得向赶路的梦游人讨一杯酒喝,
得捉住那只玉兔,用野火烤热。
他的尾巴扫过大街,他的馋涎
滴滴答答,他的背脊羽翼苗壮。
蝙蝠和黑雕在头顶盘旋,
几只野猫跟在他的身后。
呵,月亮正红,高处铃声大作,
他走得飞快,他的灵魂嗖嗖嗖。

20

狗趴着,忽地一跃,
火焰状舐向空气中浮着的
一块冰,和冰里的一只苍蝇。
我释然,又突然在坠落中
悟及崇高的一面:飞。
天鹅如何?鹰如何?
天上翻筋斗的猴儿又如何?
——离地一寸,就与上帝平等。
我浑身一热,再热,
浑不知从那狗的冷灰中
冷不丁蹿起的蛤蟆,用温暖的舌头
将我卷入狗眼里的世界。

（选自微信公众号"当代先锋诗人北回归线",2024 年 3 月 25 日）

事物的完整在皱缩中，被复述为早晨

/ 李双

交　谈

晚饭时候，萨宾娜的表哥来了。
喝啤酒，聊在冰河上
钓鱼。
没有比在钓鱼时流鼻血
更糟糕的了，他说。冰层下的人头
有祖父的。一些铁环
拽着河堤不滑过下游的村庄。
萨宾娜盛在衣服里，不像窗外鼓风机
管道上
三星期的时间里，雪都是雪
然后是长满黑乎乎皱纹的冰。
傍晚，小树林里的人都慢，越来越慢。
那些天，我不能使用第一人称
跟她说话，告诉她响尾蛇尾尖上的鳞片
正在变得暗红。
生命有一些直线
如果我拿起她的手，一定有一条弧线
在下降的时候。

作为交换的眼底图像 [1]

首先是笛卡尔，要来挖出我的眼球。
眼周围的组织
泪腺，三层皮肤，鼻腔一部分
拒绝没有用，他有办法用一头牛
或者更大的动物
代替我。
白色的介质，或蛋壳
托举着它
固定在门把手上，最细弱的树枝上
（玻璃体内的液体不能流下来）
从窗户上凿出的小洞，观察经过阳光
转动的房间，死去的人类，谎言中
的假牙。一对男女
亲吻中的非物质。
如《眼底形成的图像》所标示的
在 M 点上，透过这只眼睛进入的光线
不再进入其他逻辑关系。
除了一只眼睛能看到它，没有别的眼睛
看到自己。
接着，笛卡尔问道，这只死去的眼球
如果画掉第一条作为交换的条件
不像三世纪之前那样
在镪水腐蚀的金属板面上
出现萨宾娜
你是否愿意。
我说不。

---

[1] 该诗场景取自笛卡尔的《眼底形成的图像》实验。

土　豆

土豆作为早期传教士，埋在地下
自己摸索长出去的藤叶
就像死者在后半夜，摸索那些街道
向上的房屋
用浅黄、用洁白，都看不清楚斑点
有什么病
但她喊，"那么……那么……"
雨下到一米的地方，琴键开始患上
中耳炎。
它们是怎么分开的，又怎么合在一起。
嘴唇只有一半
可以讲一讲果皮图像学，她扔在
河边的连衣裙。
甜蜜形成国家法律之前，那些麻雀
慢得不像是灵魂。
故事回到这样的情节：她像个孩子
被人放在树脂涂覆的草筐里
顺水漂来 [1]
想一想吧，植物性激素与爱
吹出的楼梯
有什么不一样。

下　雪

每天都下雪，但布拉格的雪下在瓶子里
姆巴 [2] 男爵把梯子接在下面那一架上。爬上去

---

[1]　语自米兰·昆德拉的《生命中不能承受之轻》。

[2]　姆巴，萨宾娜的宠物狗。

再抽出下面那架，继续接

它是怎么做到的，只吃芒果中的汽油味

（西蒙娜·薇依认为螺丝挪走了上帝的蓄水池）

她是她房子的重量，桑树叶子

一直是胃的形状

他 52 岁，丑陋，必须有一个

反方向照射

用萨宾娜的绿宝石。

也许是排射，孔洞痉挛。这房间里的秘密

寂静在倾听时

才有樱桃水面。

但她痛，飞机整夜在停机坪闪烁。

制造钢针的是这样一个国家，每一个

城镇

没有门牌号码。

她成为他的他者，越过身体的一点差异

把她放在地毯上

露出汉字里的一只脚。

名　字

在一家老年俱乐部

她拉着我

在一张铸钢椅子上坐下

掏出鱼心，给我擦脸，让我认识

扑克牌上的黑 A

一块白布表示舞台，好像

是一个套圈游戏。骆驼代表荆棘

尼龙绳代表边界

大象代表伤心，蚂蚁代表分裂。

但她没有带那些蜡烛，用她血管烧过的

椅子里有一只拳头，从我的心脏

开始捶。
我说有点慢，她说慢是权力。
我听见了墙壁后面脑部扫描仪的嗡嗡声
传送带在房子下面微微振动。
有一些白色的人在噪声里
庆祝国家节日。
那些山在无菌病房流出蓝色液体
隔着一层雾气，我们互相看不见
她在我手掌上写下一个名字：亚当桑。
让我拿着它
去寻找那个人。

黎 明

黎明前，天空经历了四种金属：纯铜
锡，生铁，软金箔。只有一个方形盒子
在里面生玻璃
她在光里
沉没了两次。或者更多
山系里的一座山突然沉入土层
萨宾娜离开了手指
獾、野猪、兔子、臭鼬总有一些
神秘时间
远红外射线推开一座孤岛。
据说东山魁夷画不好任何一张
人物面部
而他的风景里总有一个人。
失败，给丘陵输血。
皮下管道。
蓝白条纹被单擦掉猩红色。
到最后，萨宾娜要求他只用一只眼睛
看她。

或者手。
但是沮丧，鲸鱼的听力从 1600 公里
减退到 160 公里。
就像在大月氏部落遗址
发掘出来的房子里
没有她先想起来的鹧鸪。

在艮园

我们坐在坑里喝茶，旧春水经过高石
流在冰湖上，那么奇怪
冰不会立即融化。
木纹里有颜色，被锁住。
没有一模一样的壁炉，灰烬来自不同灌木
每一分钟都有终点，他听到了哄笑
每一分钟他看一下那光斑。
他想哭。
他一直把她和鹿弄混，色块和腿
因为不合法的替换
重新修筑了火焰修道院。
但是，关于绝望，鸠摩智用了最简单的方法
给一根木条平均画线，截开
磨圆
在一根绳子上
把她从一
数到一千。

纸片人

被风刮走的纸片人，暮色中的山
车开得很慢，蜿蜒三百公里，几乎用完了
全部哀悼。

一些人脸，空心树。她往棉花里
扔皮肤。
这是第一天，缝隙还完整。
仿佛一只西瓜。
仿佛还没有给字母表画上黑框。
是先释放光，还是先释放阴影
这个缓慢旋转的机器
一定有一根横轴，采榛子的人
被举到半空。
她向煤油灯里倒牛奶，不像是惩罚。
为了一场仪式，那些头发被再次剪掉
她的灯光陡峭。
那个濒死的人要求做心脏切割术
留下五分之一
睁着眼睛。
一次动物试验：伤痛的大猩猩排着长队
痛击伙伴的同一部位。
她把上帝的七天
减去两天。

光　粒

苹果锋利，葡萄锋利
圣维多利亚山在它们的释放中，和昨天
一样大小。
他拿着磁铁在下面移动，让纸板上的铁屑
跳舞。
这是儿时的游戏。现在
他加厚那纸板，再加厚，到六厘米
铁屑不再起舞
萨宾娜有六厘米厚。铁屑中的血
流回人形构造。

第七天，眼睛找对了波长，那些光粒

堆出圣维多利亚山。光粒中

每一个萨宾娜

有一个萨宾娜。

（选自微信公众号"散步的老虎"，2024 年 4 月 2 日）

神话

/ 胡弦

神　话

引子

乔木都固执，灌木爱长刺，
河水、船、老屋，都有失踪的记忆。
街上有家纸伞店，伞，是非遗项目。在那里，
我曾照过一张相，我从手机"咔"的一声中，
听到有个声音，在把时间分成时代。
秋天时，有个人来小镇做田野调查，他想写一写
一股土匪，和这个地方的关系。
当大雪落下，他写出的却是另一个故事，
故事里有两个人，分别居住在小镇的两头，
一个爱画画，一个爱种花，
等到画作完成，他们被隔在时间的两头，
一个在古代，一个在今世，
今世的这个想回到古代去种花，而另一个
在时间中侧着身体，扁平，像一把折扇，
护送花朵从扇面上穿过冬季。

一、暴力与幸福观

1

连日暴雨，山洪
在溪涧里冲撞，像一群猛兽。

但溪边的美人靠不为所动。
饮酒的人、打糕的人，不为所动。
天井潮湿了些，但我们的幸福观不为所动。

石刻、木雕里，仙人在嬉戏。
为了某种纯粹的欢乐，
他们选择不改变，不停止，放弃了
对外界的感知。

2

窗口一直是个知情者。
只在有人去世时，低低的乐声
才能让人意识到告别。

鸟儿落在树上，灯笼挂在廊下，
西山上，夕阳的眼神再次变得柔和，
低处的生活，恰恰是被眺望的生活。
有次在火车上，望着窗外闪退的山河，
我想起古镇池塘里沸腾的星空，
想起那么多浩瀚的事，仅仅是
被收留在方寸之间的事。

3

麻石上，八仙遨游，
屏壁间，鱼龙互变。
——我们在生活中，又像在另外的生活中。

岁月蒙恩：我们活得很好，后代们
会活得更好。
抚摸木作，像抚摸更久远的岁月，直到
手指停在一个仙人的脸上——那脸，
五官已被锐器挖去。

"睡梦中总有人
把一把刀子递到你手中……"
有些暗夜，看守门户的山峰
如狮象，会发出低低、不安的咆哮。
——暴力在逡巡，寻找着目标，但只有
通过一群没有脸的神，
才能讲述家国的遭遇。讲述

被错过的历史：他们，一直滞留在
年代深处，替我们忍受着
莫名的狂热，和非人的寂静。

二、剧组的人在讨论

1

黄昏的船廊、灯笼，深如万古，
湿漉漉的鹅卵石泛着光泽。
书房里，剧组的人在讨论

一部电视剧，和剧中一个书生的命运。
"他不在了，已可以被扮演，至于
这个从不曾存在过的美人，
是我们送给他的礼物。"
雨在落。雨，仿佛已变成了从前的雨。
琴凳那儿，扮演书生的人在玩手机。
而女主角在重新找感觉，因为
剧本再次修改后，朝代
稍稍变动，她又老了一百岁。她被要求，
穿过新的情节时要身姿轻盈，因为
一个演员的操守是，
决不能在历史中留下脚印。

2

往事是往事，剧本，是现在的事。
楼梯，像是从一个悬置已久的梦里
垂下来的，连同它上面的脚步声。
有人从树上徐徐下降，无声落入天井。
有人从假山上飞起，越过屋脊，
消失在夜色和细雨中。
拍摄时，他们被钢丝吊着，但在荧屏里，
看不见钢丝，他们真的会飞。
的确有过这样的传说，使小镇
既在尘世，又在神话中。
仍是这庭院，在另一部电影里，所有人的
指尖冰凉。在山墙那儿，
有人不小心走进了壁画，
就再也无法走出来，只能微笑着
站在那里，静观，偏离了剧情的需要。
那明亮的笑容是另一种特效，给我们的生活
送来了亘古常新的光照。

3

戏，是捕风捉影，或无中生有。
人，以及人的一生，会被拖慢，
或加快，摆脱了常速。
我见过大地的惊恐，小径上的
鹅卵石，在慢镜头里缓缓直立起来。
我见过明月泊在檐下，
没有我们的窗口，它就无法活下去。
但它还是离开了——总有
神秘的力量，把它领往黑暗深处。
"所有冲突，都是为了让人尽快入戏。"
是的，
一座庭院如果被故事拖住，
就会亦真亦幻。如果被怀念，就说明
远方，走动着永远无法返乡的人。
而当游客们蜂拥而至，那必是
又一次国破家亡后的盛世……
——它已是一座终极的庭院，一遍遍
在书籍，和解说词中出现。
它在这里，又早已离开了真实的位置。

4

有人在航拍这座古镇，
拍着码头上旧机器锈蚀的苦味。
河水无声奔流，带着废铁的沉默。
而在庭院中，当女主角
再次出现在阁楼上，已换了面孔。
——几乎度过了自己的一生，她已从少女
变成一个年老的妇人。

她感受到一种陌生的宁静，像来自
所剩无几的戏份，又像来自这古宅。
曾经，一旦进入角色，就会觉得有种
另外的生活等待被完成。
而放松下来她才意识到，这庭院
并非道具，而是一种失而复得的福祉。她
开始关注
镜头外的家训，偏头疼的乌桕树，
震颤蛛网上，几片流言似的小昆虫的薄翅。
她还发现，每当真实的雨滴
落进戏中，蜘蛛便会隐身到幻想深处，并与
安乐吊床上的喧哗相安无事。

三、"演活了"

1

小时候，我曾溜进戏院的后台，指尖
划过艳丽的戏服。我感到
我的心和戏服，都在轻轻战栗。
戏服，像是活着的，一直在等待，只要
一点点触动，它立即就会做出反应。
沿河上溯，群山绵延，如果
顺河而下，流水像催眠术，某种
类似天空的大块在水中融化。此外，
是上游带来的一团团暗影
从船底滑过，忘记了
它们在几百年前就已死去的事实。
当生活那溃散、退化的部分，跟随着，
一起在远处汇入运河。而更大的船，
在那条河上来来去去。
每次回来，走在曲折的石板路上，

总让人想到，民间故事的虚幻，
和古老传说的寄生性。
如果登高，在嶝道上不断转折，心头
总有难以推开的巨石。
在峰顶俯瞰，河流蜿蜒，小镇
已隐入绿荫深处。而极目远眺，某种
不可见的事物一直在制造梦想，
深渊，恍如在高处偶尔回首时的产物。

2

诗人谢君说："在我的小镇，神的喜悦是
江上运输船的平静行驶。"
而什么才是神的喜悦？
我很少见到面带笑容的神。当有人
跪在它们面前祈祷，没有任何神改变过表情。
祖母去世多年，父亲
忽然变得迷信起来，有一天他告诉我，
我的祖母已经变成了神……
祖母，一个苏北乡下的妇人，两眉间
总有几道愁苦的竖纹，
直到她的身体变成了遗体，那些竖纹才消失，
印堂展开，面容，才变得安详。
是否所有的神，都脱胎于这样充满苦难的生命？
山上有座小庙，菩萨不笑，只是安详。
而在另外的庙里，有些神冷漠，
面无表情；有些，则是愤怒的，像阎王、关公，
看看它们始终火大的样子，就知道，
人间之事，了犹未了。

3

遗忘就像癌症，而戏剧是药。
我见过许多戏台，古宅里的、寺庙里的、会馆里的，
我看过许多戏，京剧、豫剧、昆曲、泗州调。
我知道对一个演员最高的赞誉，
"演活了"，就是救活了的意思。
而最好的演员，恰恰也是那最糟的演员，
他救活善的时候，也会同时救活恶，
救活希望时也会唤醒绝望，
他让一个死过一次的人，再一次死去。
再一次，喝彩声仍无法结构远方。
最好的演员不在戏台上，他在已消失的时间内部。
最糟的演员则一直在台上，在角色里挣扎，

如同破茧，想穿过层层时间而来，
带着强烈的求生欲。

4

在戏里，没有任何人是安全的，
因为命运会随时遭到修改。
我看过一个小戏，导演对正在表演的演员
不停地说："反转！反转！"
在他的反转声中，演员做出各种应激反应，
哭的突然笑，赞美的突然诅咒，
活的突然死去，和善的面容突然狰狞。
而我在心里喊：停下！停下！因为
反转会让人上瘾，那种
无法遏制的刺激会产生快感，我们
会忘了我们最初的样子。
同样，庭院也并不安全。

我到过一座大宅，它曾设过日军的司令部。
我在一个宅院里见过两块烧焦的门板，
嵌在墙上，是对空袭中一场大火的纪念。
有次在江边，我看见无数的孔明灯升向夜空。
那是纪念，也是祈福，仿佛高高的空中
比地面更安全，更适合亡魂居住。

5

戏台会拆掉，戏会留在书中。
家会破碎，人会远行，门神会留在门板上。
壁纸上有寿星，砖雕里有八仙，剧中人
历尽磨难，但长服仍洒脱，水袖
不改轻盈。因为在我们生活的地方，苦难
是不散的戏；神话，也是不散的戏。
神话就是，人会扮演另一个自我，进入到
生活之外的无穷性。
26 摄氏度，晴，微风，这是今天的天气，
而一场细雨，正在剧中下个不停。
这也正是光阴经过的方式，构成现在的
是我们对往事的怀念，和新的感觉。
老树分枝，飞鸟渡渊，马头墙的
雪白如空白。而入戏的人
仿佛一个虚构的族群，在替我们
把对绝望的反抗完成。

（选自《诗刊》2024 年第 3 期）

你的眼睛突然明亮

/ 李元胜

给

爱情里有真理吗？没有
多年后，我们分手时，它出现了

秋天的果实里有真理吗？没有
当苹果离开树枝时，它出现了

真理总是避开喜悦，避开蜂蜜似的事物
它低着头，走着，有着苦行僧的孤独

真理近在咫尺，又远在天边
它穿过漫长的时代，也穿过两位孩童的争吵

其中一位大声说：真理不在我手里
还好，它也不在你手里

我记得，你的眼睛突然明亮："在不在我手里呢？"
……你太美了，真理已经避让三里

洱海之忆

晚会开始前，我们散步，交谈
友好，又彼此带着一点戒心
偶然回头时，我在你脸上看到树枝的阴影
就像看到月亮上的山谷
那一刻，一切都改变了

多年后，我们穿过还没完成的花园
"别动，你的脸上有树枝的阴影。"
"它们还在？"你笑了
还在，从上天借得的一切都还在
我们的屋檐下露出一缕白云
仿佛河蚌，从自己巨大的壳里探出头来

云上村庄仰望苍山

我们已经到了云上
苍山仍须仰望

会不会，有人世代居于山腰
却从未登上苍山之巅

会不会，一本书在我的书架上蒙尘多年
却从未交出登山的路

会不会，我们相识半生
却只不过在对方的山脚徘徊

我们穿过古老的核桃林
我们穿过新鲜的花境

多么荒凉啊，我们的毕生徒步
从未缩短和它的距离

夕阳下，我们仰望的一切
绝美如初，却早已不由物质构成

海宁观潮

此刻，一个隐藏很久的大海
突然向我扑来
它不知道，我已站在如此安全的年龄之上

俯视它的挣扎，像俯视自己的余生
我们的年代已像巨鲸远去
只有一江鳞片等待收拾

在我的身后，安素女士合上手里的书
就这样顺便带走了它

乌云开始聚集，像困在诗集里的大海们
互相靠近，默不作声

（选自微信公众号"无限事"，2024 年 4 月 15 日）

面对美艳之物

/ 艾蔻

莲　花

在群坡与叱石坑南面
石梅湾以北五公里
人们寻找莲花

我好心指路，却没人相信
因为戴太阳镜穿碎花长裙
绝非本地居民

于是我坚持带他们前往
只为证明——
然而，什么都没有

当真相像谎言一样飘走
诚实的人也不复存在
在台地，在丘陵
在莲花与海岸共舞的起伏中

樱桃与月季

盛产月季的地方，恰好

也盛产樱桃

甜蜜植物，同属蔷薇科

热爱泾渭分明的四季

我想折断花枝装点胸前

又流连于樱桃树下

任小红果子迷了眼睛

我勒令自己，回过头去

不看不尝也罢

很多时候，两种事物放在一起

问题本身就成为答案

譬如，樱桃与月季

鱼与熊掌

月亮与六便士

他说不想活了的那天下午

很久以前

我也曾厌倦自己

拖一条巨大的尾巴

像彗星那样横扫空蒙的黑暗啊

多么孤独、用力

多么侥幸的天赋

才又重新找到

一小颗，核桃般坚硬的决心

我对他说，再想想吧

柚子　岩石　蜂蜜

北纬 18 度

在海边，我会陷入一种错觉

所有短暂而孤独的黄昏
都专属于我
正如每次途经青皮林
壮阔的大叶榕下总有人驻足
将它误作古老树种

有一天下午，奇迹般
东奔西走的人们
抵达了同一座教堂
纯白、尖顶、玻璃心
那个下午，北纬 18 度
我混迹在人群的疑惑中
捡起一只死珊瑚
它记载了无数意外与误会
它的名字令酒徒举杯

杜撰之花

我告诉朋友
有一种花，不可言说
一说它就消失
让念头远远地站着
它才会凝聚
但又不能太远
太远了，你和它都听不见
要保持距离
又要保持热情
建立一种脆弱的平衡关系
你越好奇它越模糊
你越爱它它越不爱你
我告诉朋友，要相信
有这样的花存在

就像要相信另一种
永远滔滔不绝
盛开在描述中

平静的下午

友人告诉我，研究多年的课题
终于突破了难关
我想起一次夏季约会
她迟到了很久，为测试样品
整个下午守在烈日炙烤的楼顶
接下来就好办了吗
并非如此，从实验室到批量生产
还隔着一道难以跨越的鸿沟
名曰：死亡之谷
如果成功了
丝滑的流水线，身轻如燕
然而失败的概率总是要大得多
世界将陷入黑暗吗
也不会。友人笃定地回答
那些美妙配方
就是襁褓里永恒的婴孩

这种感觉似曾相识
我想起许多无法完成的诗
闪光的念头
始终徘徊在死亡之谷

在僰王山想起已故友人

你说万物流转不息
而每个"我"又都是被动者

你不怕死，只是好奇自己
多少年后才能循环进一块岩石
也好奇顽固如斯
又要耗去多少个世纪
才肯分崩离析

你说要是草原就好了
短短一生不必懂得攀登
只欣赏马匹与柔软
而你，也无须坐在山腰喘息
努力睁开
再也不想睁开的眼睛

五年了，你的离去
仍令人难以释怀
进山游客小心穿过栈道
努力适应着
激流迸射出无数根光线
那种眩晕、针扎般的考验
我们曾一起尝试过

夜光表

我们等不及天黑
爬上床
钻进厚棉被中
欣赏一种光
表盘呈现水蓝色
秒针跳闪，一格，一格
那时我们尚不懂分辨
陷入黑暗的时间
与白昼的有何不同

我们拙劣地争论，不甘心
继续试验，木箱子
衣柜、门后，以及当真正的
夜晚来临

那时候距离我们得知
有种古老生物，鲎
体内流淌着蓝色血液
仿佛还有几亿年
夜光表被遗忘至无人角落
默默发光，默默转圈
真迷人啊
有些事物在暗处进行着

毒蘑菇

三十多年前，我发现了它
在一块腐朽的松木旁
颤抖着
硕大艳丽的伞朵
舅舅迅速将我抱离
我甚至没看清它的样子
也因此拒绝相信
它是有毒的
那天晚上我无法入睡
任由自己
坠入那模糊又摄人心魄的场景
接近它，抚摸它，安慰它
任由心脏狂跳
眼泪将耳朵灌满——
面对美艳之物
一个尚未涉世的小女孩

唯有哭泣

从杉树坳到白水塘路

一样的喧哗、潮湿
一样的夜晚恍如白昼
花朵凋谢孕育果实
马路上走着善良的朋友

鸟类犬类频繁争吵
缔造出和平之光
一样的妈妈和一样的我
在午间失眠、叙旧
川南橘子红似火
最初也同这木瓜一样青绿

一样的南风吹
一样的星空隐匿
为什么活着
轻飘飘，茫然又美妙

我都差不多忘记了
还有许多坏人
散落在世界各个角落
像野兽那样喘息
却不曾拥有跳动的真心

观沱下渡

要命的昆虫大合唱
它们当中有一些没有听力
有一些没有视力

有一些刚加入

就被鸟雀吞进了肚子

仍然继续着

安静的、黑暗的、了无知觉的

大合唱

永远无法将其倾覆

观沱下渡的游客想请教几个问题再走

可一生太短暂

来不及回答就要死去

雪　夜

窗外的雪很安静

像皮肤白皙、慈祥的装饰物

他站在酒柜边

挑选最为陈旧的一瓶

他要同阔别多年的故友

边喝边等

迟迟未到的另一位——

那人独自走在雪地里

或许走累了，就坐在树下休息

或许忘记了，是刚喝完酒

还是去往喝酒的途中

又或许每逢路口

那人都辨不清方向

只好任凭直觉，随风飘荡

当年他俩就是这样等的

一杯杯痛饮

一遍遍看向窗外

雪野万里友人无踪迹

试想一下
如果雪是一种循环
死亡被无休止的行走所代替
如此相似的夜里
说不定，某个不经意时刻
他们已获得重逢

恋曲 2045

独自待在安静的房间
凌晨三点
离港的船只故障
从我的位置看
它正好停靠在窗台上
像一件昂贵的礼物，灯火璀璨
曾经的爱
就是被那种光亮点燃的
有距离，又并非遥不可及

而我是另一艘船
我的灯火也被他人眺望

黑天鹅

夜晚，胡豆醒来
我们去地里追寻胡豆
像追寻萤火虫

那种光，轻盈，爱躲藏
厌倦了普照万物的太阳

我们喜欢胡豆

它的光一丁点
看得眼睛比月亮还朦胧

我们变成夜莺
吃了一整晚胡豆

天亮后变成黑色的另一种：
会飞翔，蕴含光
不打算将什么照亮

无 题

我羞于表达又始终与之较劲
以怯懦、荒唐的方式
将自己打败，让煮熟的种子萌发
去赤道修筑冰雪
他说，笨拙的倔强！

我有时也意识到
永不可企及的彼岸
通过波纹频频传来讯息
在空气中凝结又自行消解
那种空白、清越的声音
无法相遇也无从找寻

诗行永远袒露胸怀
而词语盲目，我仍然要写
某日清晨试图穿上——
去冒险
去看鹤与儿童乐园

（选自微信公众号"一见之地"，2024年3月21日）

残缺与不完美

/ 庄凌

晚　餐

　　轻轻挪动牛排与迷迭香
　　我在一颗颗黑胡椒上发现了乐趣
　　薄荷味的月亮很提神
　　对面坐着的人，有点木讷
　　倒像陪衬

　　单身太久，每个试图
　　靠近的男人都是假想敌
　　此刻，面对美食
　　我更爱一个人的天荒地老
　　荒芜是另一种辽阔
　　旋转餐厅的窗外霓虹闪烁
　　像爱情的颜色
　　又像一个个质地柔软的谎言

　　晚餐结束，刀叉收起
　　我们又回到了原来的位置

窗 户

我钟爱卧室的这扇窗户
很多个下午，我坐在窗边

看见鸽子，飞向远方的教堂
看见老人，端详着黄昏
看见流浪狗，换了新的毛发
看见一些马和车辆，从过去驶来
没有刻意而为之

心上的那扇窗户
有的人打开着，有的人关闭着

腐烂的苹果

一颗腐烂的苹果
走不动路了
躺在我的书桌上
像一个苍老的妇人
挂着一张皱巴巴的脸
偶尔渗出死亡的气味

我并没有把它扔掉
这里没有适合的空间
但是一件新陈代谢的艺术品
衰老也是一种浪漫
残缺与不完美才是永恒

在这颗布满皱纹的烂果子上
我看见了去世的外婆

也看见了明天的自己
最近我看见一个孩子朝我跑来

不爱说话的人

不爱说话的人都有共性
茫然的眼睛里
蓄满了深沉的墨蓝色
行走在阴天或雨天才能看见
他们是城市的一小部分居民
普通得没有痕迹

吃过早餐，机器转动
很多话语和理想被生活碾压
对折的 A4 纸有时反弹一下
心理溃堤也是常有的事
醒来继续修补

沉默也是慈悲
如月光一样广阔

游 泳

我们在同一座城市游泳
尤其梅雨季
时常面临溺水和呼吸困难
偶尔冒出水面吐几个泡泡
但从未相识

有时天气好
也会在陌生的街头擦肩而过
每个人刷着无聊的视频

为生活低头

有时又不约而同地熬夜

在各自的裂口中忧郁　挣扎

新的一天，单纯的太阳按时升起

我们也忙着生老病死

日复一日，游来游去

法喜寺

法喜寺的白玉兰开了

五百年的古树年年开花

而人生总是意犹未尽

烧香拜佛的人络绎不绝

听说寺里的姻缘签很灵

我不知道该不该试一试

但我一直诚心实意

下雨了，玉兰一瓣瓣凋零

花期很短，来不及相爱

姻缘就断了

香客们有人匆忙下山

有人暂且躲进寺中

我在雨中待了一会

像一株无心的野草

无牵无挂，天地也从容

秋　蝉

一只蝉落在我的窗上

像一片枯萎的落叶
已没有了力气
当我们目光相对的那一刻
它突然声嘶力竭地鸣叫
仿佛回光返照
我莫名伤感
有些人已不再发声

等风的时候

风不止于命运
我们也是自由的
阳光替我们宽恕了
所有看得见、看不见的阴影

这座城市到底是圆的还是方的
我在一杯咖啡里找到了答案
当你听见雨水滴落在阳台的陶罐里
有人在弹奏着久石让的钢琴曲
有人在剥落秋天的灰色茸毛
我们在不同的角落游离
拼凑时间往返的轨迹

地铁站里两个相反的箭头
每一个都指向世间百态

（选自微信公众号"诗歌开放麦"，2024 年 3 月 25 日）

那个离开的人

/ 鲜例

数硬币的人

　　一个不年轻的人
　　单坐在街边
　　左手掌握有五个镍质硬币
　　他右手食指拨出一个
　　拼回去，又拨出来
　　反复有几次，被我看见时
　　有点不自在
　　目光又盯向来往的汽车
　　整个下午
　　在他手上来回攒动

夜听《彼岸》这首歌

　　此刻，一种古老的声音穿过雪山
　　雾气在日喀则街上现出倒影
　　一生在寻找的两个东西
　　让我看见祈福者
　　命运在不同的牌桌上错位
　　爱和疾病在同一天长成
　　不用相见就能认识

一代人的断裂、厌倦与反感

在对峙中蔓延

我们不再是下一代的车站

如何爬上一座山

有不同路径，理性不能僭越经验

自由可以消极

不干涉才是答案

有人总在唱同一首歌

声音却越来越远

今天，我又一次在长江中见证

自由和尊严的画皮

反复被人涂改

我们需要什么已不重要

一些人为另一些人找到借口

那个离开的人

那个人，在傍晚遗失了嘴里的声音

在天未黑尽时

江上汽笛，移动的灯

都在等一个时刻

树的身影刚把叹息寄放到风中

有十二万市民的怒火

烧到离我最近的街尾

一个人从附近一家书店出来

手提一袋打折的书，望着那个人

一个很像自己的人

从一群人的背后离开，然后街灯才亮

窗口练习曲

等那个我离开，别样的传统
这一句有多重要
不用我再管，走在秘密花园中
他可以不知道，死于黎明
比奥德赛的大海还清晰
我们生活的故事
在阁楼上沉睡，阴暗
哀歌和十四行诗
诺言成为水面波纹
我坐在大地上对望十扇窗
词与物的考古
引诱花朵和漩涡

我必须穿越太阳系
那里有时间的错误
每天可以在悲欣交集中醒来
编结茅香
林荫幽径和未来之书
是永不相见的愿望
现在，我在读一本《波斯札记》
寂静让我想起古希腊
人文主义的泉水在山火中流淌
历险者在去灯塔的路上
等待他的是黑夜的天使
偏爱能使星光结晶，大地静止

荆　州

第一次来时，东门外有人表演杂技

未入夜

护城河在薄雾中变黑

张居正的宅院就在附近

无人过问

路边，街灯被红灯笼和风缠绕

城墙上，几丛野草在石头里发困

不知道九龄州史，当年

在哪块石头上写出他的名诗

也听不到更远处

章华寺钟声的问候

望江塔已半身埋在地下

友人带来肉糕和酒

此时，江风有些疲倦

我们站着没有交谈

看见一座大桥跨过长江

伸向洞庭湖

那里有一位古人留下的笔迹在闪光

最后的地铁

她把发白的脸扭向另一边

铃声，如花瓣打开

地铁车身就动了

一个提旅行箱的男人

拉下颈脖上的围巾，吐出一口粗气

这是今夜最后一趟地铁

乘客很少

有一股车厢放空后的气味

不远处的座位上

一对情侣正在接吻

邻座老头在翻看裂了口的报纸

下一站是东亭

我口袋里有两张乘车卡

应该用哪一张

还是个问题

地铁到站前的灯光

已洒在站台上，有人在咳嗽

下车后的通道上

还有人在夜食馆里说着酒话

保洁工在一旁守候

电梯把我带到陌生的出口

往火车站的路上

往火车站的路上

一处护栏被泥沙掩埋

碎石分散在路面

一头濒死的驴在血泊里

用喘息代替声音

微闭的眼睛已斜视

擦身而过的汽车，都在加快速度

这是春分的下午

开始温暖的天空

又一次收紧它的腹腔

余　生

接着想起一件事后，就送走了早晨

阳光那么无辜

放弃的爱落满群山

那时我还很小，不懂许多事

从街口到校园的路上

总有一丝微风跟随

一直到邻居栽的一株橘树

不再动摇

姐妹们才开始恋爱

今天是写诗的时候

几行字可以拼成一盘菜

已经忘记许多年，有些事还在生长

大地无言，人民可爱

我想有个庭院

种花、养草

接待失散的雨

然后，打开窗门

看云从河面露出翅膀

不再回忆海上的明月

天空可以变低

在一些人的指尖

鸟，是他们的哨兵

风不一定有自由，也不懂歌唱

若有胜利的消息，请到死后再传来

樱花树

不能说一个词：甜蜜

它的花残留忧伤与野性告别的气味

宁静，又暗自争吵，为赞美

一只狗经过，不看它

还在树下攒尿

这时，我会想起祖国

在油菜花田盛开

不要告诉黎明

我曾经也来过

用它的花瓣搓洗过发黑的手心

有一条恨的河流还在流动

想扑灭烧在心中的战火

可以忘记死亡

却不能把死亡埋葬

樱花树下，不问亡灵

咖啡之夜

又一次我看见，桌面上燃起火焰

一小杯甜美的回忆

使初春，杜鹃花减退颜色

有些松懈的晚年洒在木地板上

身影弓出阴暗和固执

这时没有鸟群经过窗前

整座城市被谎言堵住每一个入口

海关钟塔在夜色中

表情迟钝，时间成为别人的目录

今夜，我不问世事

只想来等一个人虚度

说一些闲话

让声音在我们周围时隐时现

偶尔，青春的尾巴还在自由摆动

那些过去的誓言、承诺

就像高山和大河

不可抗拒，只有用沉默对答

请不要再说出另一个带刀刃的词

有谁，还在门外叹息

赞美诗和雪茄，力量与威严

失去假设后那种眼神

可以拧掉人的耳朵

想起布莱希特从黑森林出来

说过一句话——

可怕发现自己对别人越来越苛刻

昙华林，晚茶

那一夜在融园，天空被细雨切割
附近樱花湿漉漉的脸
在山坡上，天文台残壁下避雨
往事在茶杯中映现
传教士和领事们的夜晚
再往高处的教堂，弥撒曲
又重新带来福音
前年冬天，听一个历史学教授
回忆清朝第一所健身房里的美国姐妹
他眼中的闪光，今夜还在
一些名人旧居
不再被谈论
风月比历史更有滋味
静坐于回廊上
石瑛、董必武、周恩来和郭沫若
都曾经在此走过
今夜，有那么多人我一个不认识

玻璃窗上的蜜蜂

晨光细小，花粉伴随尘埃的风
使你迷路
在窗玻璃上爬行，挣扎
翅膀疯狂划动
制造消息，却无法传出
你的语言，流着声波的芬芳

这是一间琴房，声音的故居

你的到来会引起一场灾难
高傲的一小节，让许多人受伤

叠 歌
——给乔基奥·莫兰迪[1]

你有一颗笛卡尔的心脏
一只陶罐，还有一把浇水壶
一堆酒瓶就是你的身躯
不倦的画笔，有章鱼的肌肉伸缩
不可定位的时间
在陌生的战场上值班
重复，寻找自己的和声
与一种颜色对位
低电流的色彩带着嘴的干渴
然后，世界谦卑地呕吐

雨中，写一封信

预订的时间，已经损耗消亡
山谷集市的雨声从阁楼上传来
离清明还有两日
一沓信札回想它的过往
文字的心跳还在轻微颤动
今日雨中，我也想写一封信
问候过去
担心无人能盖上邮戳
嗯。哪怕一声叹息
还是请雨，去化作云朵
让天上的游仙当一次信使

---

[1] 乔基奥·莫兰迪（1890—1964）：意大利画家。

这封信里没有文字
只有雨后的风和回家的月光
为什么不写出几个字
增加些回忆
身在山谷的人
不要说伟大
也不要说未来
因为文字里有尘埃
云朵，也害怕超重无法寄出

（选自北京诗歌网，2024 年 5 月 1 日）

羊们舔食天空的脚趾

/ 扎西尼玛

一座寺庙郁郁而行

阳光掘出地下的雪
瞬间化为乌有，不是
被草茎吸吮
那冷，使干净和透明
如此金黄
金黄也只是一转眼
四散而去
涌起风的波浪
托着一座寺庙，在上面
郁郁而行

石卡山下

我们像一对恋人
草金黄，阳光像蝴蝶
我们怀揣理想，称兄道弟
天很冷，却那么干净
在喧嚣的人世
我们不躲不避
石卡山下，石头们各得其所

村庄在山脚和草原之间
纳帕海，搬来蓝天和白云
有时邀来山间的春光、秋色
群山四围，矮于第一缕星光
再矮于第一缕阳光
看上去远啊，空旷啊
无边无际的静谧中
我们躺在草地上
绿草、繁花来到我们身边
仿佛准备举办盛大的庆典

给孩子们

作为父亲，我必须告诉你们
我又挪窝了。这次挪得不远
从院里搬到路边，只几步路

没有什么家具，除了半组沙发
一张茶几、必需的卧具
就是一堆书和杂志。里面有我喜爱的
诗人和作家的作品
一些人类学著作
我一直喜欢里面的院子
这个时候热闹得一塌糊涂
高原柳在屋顶摇摆，你们可以想象它的枝叶
像宽大的衣袍，朴素而洒脱

花和草仿佛久别重逢的兄妹
亲密而热烈
我多么希望，当我提起艾草、蒲公英、酥油花、牵牛花这些名字
它们就来到你们的生活中

我这次挪窝只用了两个钟头
我把床头靠向土墙，要不是顶棚遮挡
可以看见星空、漂泊的云彩
住进去的那晚，我听见
风吹过屋顶，在黑暗中蓬开白色的羽毛

记得有空的时候给我打电话
可以过来翻翻书，我带你们去爬白鸡寺
山脚有一处土墙废墟
我曾经无数次地被它迷惑，莫名感动
每当想到这些

怒　江

月光的鞭子
一下，绽开高黎贡的翠色
再一下溅起碧落峰顶的苍茫
那一夜，我想抓住它
却把自己跌在
麦子的锋芒上

山村学校

月光漫下山坡
老核桃树泊在半明半暗里
冒出墙头的石榴树
影子被拽进空荡荡的院子
披在被窝里的教科书
弥散着植物的气味
和关于一座雪山的传说

无 题

雪不见了，天空灰暗
搬来一些树在山脊上，染一点绿
再把一只小鸟引开
河流刚现身于荒草之中
一座楼突然站了起来
像从梦中惊醒
好比两个人相遇
然后，一起转过身去
窃窃私语

同乐山寨

白云像天空的岸
河流的波光里溅起鸟影
明晃晃地落在满山的树叶上
路从村子生长出去
肯定是来自阿尺目刮[1]的灵感

猪们安静地享受阳光
鸡群，噢，这些骄傲的王子王孙
在核桃树下散步
狗像青涩的少年
站在村口向着山谷张望

风吹开屋顶的波浪
山谷缓缓垂落
又缓缓升腾起来

---

[1] 阿尺目刮：傈僳族的民间舞蹈。

麦子在山坡上成熟了
在荡漾的金黄里
绽开祭司的眼睛

鲁　掌 [1]

鲁掌那么小
像一簇蘑菇
从绿野的红土中冒出来
它再小一点
就是一滴露水
往右 100 步
我看见
在它的背后，怒江的东岸
白云护卫着碧罗雪山的仪仗
赶往公元前的盛典

路

必须修一条路
经过峡谷
峡谷里要有风
跑着跑着，追上了河水的回响
必须向着高山走
树木们相聚的地方
鸟儿摘走了心跳
必须走到山峰的脚下
那里有一汪湖水
让眼睛封住嘴巴
看哪！经幡还认得早被遗忘的名字

[1]　鲁掌：云南省怒江傈僳族自治州泸水市通往片马口岸的一个小镇，在高黎贡山东麓半腰。

翻过山口

必须在心里修一条路

要不然

陡峭的悬崖会阻住去路

要不然

野兽的动静和喊叫

会让脚步慌乱

必须有一个人

靠在黑夜的门扉上等待

最好没有这样的人

就可以把白白的雪峰认作年迈的祖父

羊们舔食天空的脚趾

一些红扑扑的脸蛋

浸入阳光

又从春天浮现

核桃树猛然剪碎

旷野的呼吸

风左冲右突

黄昏扬向天空

山冈退向河岸

空空荡荡的

藏起一片明明灭灭的灯火

噢　什么时候

河流要绕过

石头粗粝的纹路

梨　花

前些年的梨花

雪一样白

雨中的梨花
像湿漉漉的爱情
蹿到面前

今年的梨花
第一朵白里泛红
最后一朵猩红
耀亮在梦里梦外

乡村的梨花啊
四月开
五月落

三头牛

踩着桃花的爆响
穿过村道
牛铃声砸在沥青路面
又弹向窗玻璃的反光
一点绿
一点红
一点鹅黄

中午时分
三头牛
站在村子上方的山坡上
朝着三个方向
回忆往事

雪山是一座明亮的房子

河流的波光之上

卡瓦格博雪山是一座明亮的房子

东边的房间里住着春天

西边的房间里住着夏天

南边的房间里住着秋天

北边的房间里住着冬天

东边太遥远，在大海边上

西边更遥远，在遮断故乡的山后

南边有些忧伤，在月光里独自落泪

北边像藏在水里的石头

做一些很平常的梦，没有情节

突然恍惚起来

像山冈上的牧群，涌向虚无

雪山是一座明亮的房子

我轮回的故乡啊

坐在门口，把自己

想象成一棵白云下的香柏树

再把自己想象作一条垂挂下来的小溪

让风吹开自己

杨江涛在来者基地

2017 年 4 月末，小中甸

天空昏暗

四野空旷

杨江涛在来者基地院子里散步

草地开始返青

鸟鸣晃动光秃秃的树枝

落下一些陈年的月光

这座被收拾了一番的藏房

爬上二楼

火炉在右，书架在左
从窗眼望出去
风很冷的样子
一会儿惶惶然
一会儿蜷缩成一团

杨江涛在我们身旁
脚步很轻
我在土墙上看到十年前的自己
应该陪这个孤单的年轻人
喝喝酒，聊聊天

我们走了
杨江涛拉上木门
像个少言寡语的守庙人
目送我们离去

这样多好呀
走和留
一点儿也不沉重

掉在桌上的米粒

阳光照在孩子脸上
妈妈在给他喂饭

阳光照在妈妈的手上
米粒掉在桌上了

妈妈把米粒捡起来
孩子把妈妈的手推开

阳光照在米粒上
仿佛想照见它生命的全部秘密

香格里拉飞往昆明的航班上

离开大地时
是否有过揪心的恐惧
已经记不得了

原野上
高速公路和铁路
正在齐头并进

那些拔地而起的藏房
越来越矮小
有时分散各处
忽又聚拢在一起
不见炊烟
也如此让人感动

天宝雪山冰雪已无迹可寻
刃脊锋利
看下去感觉温暖、朴实
大地隐忍呵
哈巴雪山在左侧
峰顶的雪
只有阿克顿吧口袋里的糌粑一样多
以为主峰下面
是鸟羽纷飞的世界
虎跳峡的怒吼
没有传到天上

再过去，几次看到金沙江
光秃干旱的地区
水缠着山，山挽着水
长出那么多的村庄

千万不能想到
辛酸、苦难、疼痛这些词眼
瞧，尘土盛开如大海
无边无际
如此安谧
却又气势暗藏

山冈上

天空放出气泡
风吹灭牧羊人

山冈上
世界只是露水那么大
挂在暗夜的指尖

（选自微信公众号"特提斯卷宗"，2024 年 3 月 19 日）

弹流水

/ 景淑贞

瓶

它空着。在空之前，它曾倒出过
一条江河。江河里的船只
两岸的红花

风轻轻叩击，你隐约能听到
瓶底还有浪潮奔腾的余音
这些足以证明
它甚至装过一片年轻的星空

现在，它在一个角落里
瓶口朝北
夜色代替江水，朝它滚滚而来

青　瓷

我迷恋的还是你的前身
没有放在置物架上
成为一件艺术品之前
没有抽去肋骨，脱去胎衣
没有涂上釉彩，发出光芒之前

一块石头，一碎再碎
从那些幽暗的
古老的夜晚重新起身
我爱你眉间袒露的
丘陵般起伏的哀愁
我爱你内心
寸草不生的荒凉

仿佛那个人
没有穿上诗人的外衣之前
除了灰茫茫的爱
什么也没有

黎　明

一根绳子，在深夜里有了想法
她以为，从一双手里滑落
就能顺着一口深井下去
提起来一桶水
水中荡秋千的月亮
玩耍的星辰

她这样做了。顺着深夜的墙壁
滑下去
她碰着的底部，是坚硬的石块
——一口干涸的深井

那一刻，她觉得自己是一只瓦罐
破碎着，分解成多个自我
回到泥土，沙砾本身
仍在低声呼唤井泉

弹流水

走进下午的那个人
土地上的土埋他，深秋的阳光埋他
我们眼睁睁看着
除了悲伤，毫无办法

夕阳在天空放火，人们飞蛾一样
一个一个扑进去
一只灰麻雀站在枝头看着
它同样没有一点儿办法

无路可走的时候，我会坐在
破旧的城头上弹琴
四面八方的风像军队
我也敢把城门，大开着

空　碗

用手指轻轻敲击，会发出
好听的声音。春风摇醒牛铃
梅花一弄，二弄，三弄
如果换成一根小木棍，有可能
是一个人的命运交响曲
因为空着，一些等待
有了一只碗的形状
那个双手捧在胸前的人
相信黄昏来临之后，星光将会
再次涌现

如果用一双嘴唇去碰及

柔软与坚硬会磕出新的疑问
天空这只巨大的瓷碗
在倒扣之前，在空之前
使用它的那些人，喝完一大碗蓝
一大碗白。又把自己的一生喝完
起身离开之后
剩下的一勺，夜一样浓稠的时间
又将会盛在哪只空碗里

丛　林

怎么看，都像一张磨出毛边的书页
从最后一行——
一片不规则的灌木丛
倒着读
也能读到一群鸟雀的沸腾
一只蚂蚁的喘息
在这里
一场野桃花的风暴刚刚结束
周边返青的枝丫
和我构思的词语一样
都有再长出一个春天的野心
那些长满尖刺的青藤拦住我
天黑下来了
我还困在书页的第三行

白　鹭

一些美，是清洗出来的
不信，你拿走白鹭身边的那条河流

再拿走干净的沙滩、吹着曲子的芦苇

最后，你取下黄昏和落日

它站在你面前，空茫茫的一张白纸上
没有和它匹配的句子
你发现，孤单也是美的

它飞起来。没有一朵云彩，天空空着
一团没有任何背景的白
征服着整座天空的蓝

立　冬

傍晚时分，衣衫朴素的老妇人
从山中背回一捆干柴
她弯腰行走的样子，让我深信
她的背上
背着一片秋天的树林

林中空地上的花草，花间一只小黄蝶
草丛里惊慌而过的野兔
叽叽喳喳的一群灰麻雀
甚至，穿过林间的一条河流
都会跟着她一起回家

一场雪来临的夜晚
它们围着炉火夜话
那时，干柴发出噼噼啪啪的声响
而窗下，一定有一树梅花开了

（选自微信公众号"中国诗歌网"，2024 年 4 月 15 日）

我们都在等待，暮色徐徐降临

/ 乌鸦丁

一天中的开始

白米粥在锅中翻滚。
我窝在阳台的旧沙发上读一首诗。

我的妻子已出门
她有早起跑步的习惯。

诗里说，一天中
应该从感谢朴素的早餐开始……

有人推门。
我合上书本。

妻子买回果蔬
鲜肉、两只包子和两个馒头

搁在书桌上。
她身上有露水的光。

日落之后

日落之后，我尚在旷野中观察
一列火车的运行轨迹。
它从无中来，又消失在无中。
只有面对我的这一部分
是真实的。

天色逐渐变得暗黄
场景在转换之中。
有一刻，我仿佛也置身车厢之中。
一些我，已逝去；另一些我
跟随这列火车
分散在未来。我被无数的我
拆解，又重组……

火车穿过日落之后的旷野
它引起的震颤
是我留给这个世界的，也是留给你的。

始丰溪上的白鹭

始丰溪上的白鹭，没有数过
数不清。但早晨多少只，傍晚路过的时候
也多少只。也不会是单数。
仿佛它们才是这山水间的原住民
恬静，典雅，与世无争。
即使停顿在那儿，也高贵至极。
九月，北方的风
吹到南方。风到了这儿，不是吹
而是拨亮一盏灯。

它们站在那儿，不单单是指引
一条河流转弯儿
是引领一条大河飞起来。

黄　昏

这是我见过的最好的黄昏。
落日西斜，尚有余温。它古老的
慈爱的双手
拂过我脸庞。
此刻，群山已停止移动。
田野寂静。
我和一匹马
静静停留在自己的思想里。
彼此凝视。
我在怀念，它在咀嚼。
我们都在等待，暮色徐徐降临，并一起分担
黑暗中时间走动的声音。

多年后才回忆起这一幕

黄昏我在厨房里忙碌
将擀面条剩下的面团
揉捏出各种小动物
身边没有人
窗外是大片田野，麦子成熟
短暂的明亮让我以为白天并没有离去
鸟雀们归巢，回到树上
它们有远胜于
我们的机敏和预知
站在窄小空间里
我感觉不到墙的存在

眼前麦浪在暮色中起起伏伏
群山像古老的船只
新生和永恒互相赞美又互相排斥
……有一刻
我的内心像有歌声飞出

夜　晚

我家窗外
有一棵橙树，一棵石榴树，一棵无花果。
这是八月，它们都交出了果实，枝条低垂。
橙子青，石榴彤红，无花果白中显黄。
天气预报说：卡努在本地登陆。
黄昏时，果然下起暴雨。
第二日醒来，已经风和日丽。
我来到窗前
依旧是：橙子青，石榴彤红，无花果白中显黄。
我逐渐平静下来。
我的岳父并没有在昨夜
回到树下
收走属于他的，最后收成。

把你的马拴在杨树上

好诗不可得，也不可多得。
这需要你拥有非常人的捕捉能力
和神示。

就像此刻。
我们突然沉默，放下手中的酒杯，转身看向窗外：
大雪下着。大雪覆盖
远山，田野，河床，近处房舍乌黑的瓦顶。

把你的马拴在杨树上。

现在，我们是三个人或者四个人。

我们停止争吵。把麻烦留给往后。

……如何让一匹停顿的马，奔跑起来，像语言一样流淌

这是目前，应该解决的难题。

一匹马停在窗外。

俯首大地……像一首诗刚出生的样子。

而大雪覆盖之下，落叶和草茎枯竭。新叶

尚在深处暗暗汹涌……

我们获得短暂的恍惚与震颤

以及饥饿，才是一首诗，最终的结果。

从你离开之后

清晨醒来。

牛羊、马匹，散落浅坡上

自由与散漫共存。它们彼此欣赏，不排斥。

我有了不吃早餐的习惯

从你离开之后。

新的一天，我骑着心爱的马匹，走向丛林深处。

它，现在已是我的唯一

全部的财产。

我把我的爱做了转移。

但我还是想起你

……远方的山和湖水，近处的丛林

在阳光下
闪闪发光。仿佛
是你留给我的温存。

台　阶

蝴蝶在黄昏的空中
搭建台阶。
执黑雨伞的少年，从旧时地方归来
镇上冷冷清清
大水高过脚背。
在卤水店，他盘下一斤猪头肉、六两花生米
在弄堂口的小店，要了一瓶五加皮。
池塘里挂着一小片暗淡的夜空。
他反复劝诫自己：
死，就是新生。她只是沿着
铺满月光的台阶
找到另一种存在方式。

会　面

我的朋友，从大洋彼岸来看我
确切地说是他从一座孤岛上，出发来看我
信中说：我有一双凹陷的蓝眼睛

在江边，我遇见三个同样
深凹着蓝眼睛的人
因为雾的关系，他们
不那么真实
我与他们没有交谈、礼节上的拥抱
但仿佛相识多年

后来回忆，那天似乎没什么特别
……江水滔滔，穿过浓雾，不见一只白鹭
我们站着，在时间的长流中
我们的孤独闪闪发亮

母　亲

上午和母亲视频
不到两个小时
她把说过的话、做过的事又
说了一遍

她说得高兴，我听着
也高兴
我已过了五十，母亲今年七十四
这样的机会应该
越来越少

这个我吼过、嫌弃过，时常拒绝
她电话的女人
现在单薄、憔悴
像一朵倦怠的花
在风中摇晃着，随时有坠落的危险

夜晚读詹姆斯·赖特

你想不明白一条大街存在的意义
它空空荡荡，而你现在
正走在这样的大街上
这是冬天，已经是子夜
大街上堆砌的建筑像大块大块的锈铁
落着厚厚积雪

走在街上，咯吱咯吱的响声
一路追随着你
"雪也有骨头……"
你惊讶于自己的想象
有一刻，甚至轻哼起儿时的歌
一扇窗户突然点亮了
昏黄的灯柱
递过来。你看见马，看见童年的玩伴、积木。他们
都已不在……
"我感觉到孤独和想家"

写给亚米

刚完成一首诗。亚米
雪还在下着。
毫无悬念，雪将覆盖我居住的小镇，覆盖郊外。
人们早有准备
不再出门。躲进自己的房子里：
烤火，玩纸牌，打麻将。

"书本上学到的东西，并不直接参与到生活中……"
但我们已放弃。已提前进入暮年。
这时常让我感到难受。亚米
就像现在，当我一个人
行至郊外，天地白茫茫一片。
我像一个无处安放
又找不到恰当位置的词语。

这一刻

突然就心生不忍——
春风吹开，一片完整的湖泊。霞光初起……

天空倾倒金币

这一刻，我须发皆白。但我还是一个人的儿子；
这一刻，我仍迷恋窗玻璃后，缓缓拉动布帘的、粗糙的手。

清　晨

清晨送来一场大雾
堆砌水面上。极目之处空无一物
我站在始丰溪堤坝上，仿佛
来到一生中的制高点
我的影子
有点虚弱、恍惚
大雾在建设一个新世界
一只白鹭，出现在正前方，没有脚
有一刻，雾开始散了
我才看清，那是一个女子
白色的对襟衣，高贵
又典雅——
我的外祖母，已不在二十年

麂　子

在这片丛林和
峭壁间，据说，有一群麂子，时常夜半出没
行至潭边饮水。
为此，我曾在韦羌草堂长居，迟迟
不曾归去。但不得偶遇。
书中有记载：
此物体态娇小，易害羞，有一双清澈
湖水般的眼睛……
让我甚是惊奇。

但时已秋深，因为心中惦念

半夜坐于潭边

彼时星星入水，群山寂静

……一切安谧，又亲切。仿若久存胸中

我突然醒悟：

那一对温情的眼目，早已跟随左右

陪伴我

在人间迂回曲折。

（选自《诗刊》2024 年第 3 期）

《连环套》

68cm × 68cm

水墨纸本

罗彬 绘

一人一首诗

苹果里一直在下雪
/ 森子

苹果里一直在下雪
孩子们在圆形堡垒内
安静地办公
偶尔也会趴在电脑桌上
打瞌睡，嘴角
流出彗星羡慕的口水

刚才，气体行星梦见了谁
谁就会去有关星系办理
此情可追忆的证书
阳光在窗户上枝繁叶茂地笑着
露出一对小虎牙
预示伟大的下巴
死磕桌沿的工作翻到下一页

雪峰：自愈者
/ 张远伦

手提顶峰，先大雪疗法，再大火疗法
最后孤独疗法
我极喜轻雪、火屑
和天黑时那声神秘的扑棱
我活得不想死了
自由得不想成功了
我浑身像一个戒律拯救了混乱的风暴

银瓶山的静

/ 世宾

银屏山安于东莞一隅
它的肃静
修复了这座城的缺憾

许多人赶往这里
像回到前世
叶尖上滚动的露珠
映现一张脸，如此亲切

真正的静，并非无人
樟树与菖蒲各自安好
像两个大小不一的漩涡
各自在自己的回声中

落叶回到泥土，溪流
清澈的泉水运送着
来自水兰草、鹿角苔、山坑螺寂寞的心

暴雨洗过的天空
蓝得透彻，之前的雷声只是警告

雀鸟的鸣叫，在枝丫间
却难以找到，像远古的回声

石级一路向上，一如对俗世不管不顾的出世者
他留下的精神足迹
却足以让后来人徒增叹息

只有两个老冤家忽然相遇
对话间，才依稀
重回了人间

枯坐者
/ 沈苇

深秋，树影中的枯坐者
看上去有些古怪、扭曲
很快，与深渊结合在一起了

时间在身上开凿的孔洞
得以完成临终版访谈
——一个旧筛子的访谈

茫然而顾，有的人
死于心碎；还有的人
死于生僻字和语言的萎缩

几百米外的远方——
孤立主义盛典在继续
据说春风仍在那儿埋头苦读

摆脱了阴影和深渊的人
有一张饱受欺负又欺负别人的脸
一双充满欲望又憎恨欲望的眼

狮岩望云
　　　　——为伽蓝作
/ 西渡

云是大地寄给天空的一封信。

满坡的野花对称于星辰，
用光的语言，彼此交谈；
没有下降的雨是另一种光
柔软的光，另一种钻石。
纵横的大壑对称于星际
暗物质的走廊，吸引我们
走进去消失；从里面走出的
近于你我都不认识的神。
你的诗是写给爱者的一封信，
每一个字都是一粒钻石
有自己的光。我猜想
我自己也是一封信，
太阳写给野花的信，
月亮写给露水的信，
死亡写给朝霞的信。
"你好，死亡。"
太阳的使者敲响死亡的门：
"每个活着的都热爱死亡，
用尽了所有的光。"

甲辰正月初六和杨老师漫步情侣南路
/ 桑克

海天并非同一
颜色。此刻谁会计较
这个呢？谁会计较哪儿是珠海
哪儿是澳门呢？

反正不必上班，
反正这一带的海水，
看起来还有点儿半透明的意思。
原谅塑料袋吧。

原谅记忆把它和
那些见不得人的东西全都悄悄
擦掉吧，好像 P 图似的，
好像伪造证据似的。

证明海水的完美——
完全不必要。杨老师的心情
早已改变海岸线的形状。你看
那柔顺的弧形像什么？

没有云。椰子树
稀稀拉拉的，并没有存下
可靠的余荫。草地上的小喷头
胡乱地四处滋水。

那只白色的鸟，
瘦了吧唧的，可能就是白鹭吧。
它站在水中的褐石上休息，
根本听不见快门声。

观景亭均被关闭，
因为啥知道的人肯定知道。
这并不妨碍高度近视的杨老师
观看高桥与矮桥。

两个人走走停停，
或者一屁股坐在石凳上。
聊天。聊圈子里的各种荒诞，
聊无聊的海风。

大意如此

/ 代薇

貌似刀枪不入的人
都有一颗弹孔密布的心

所有风光无限的背后
都曾经山穷水尽

叫不醒一个装睡的人
你不会在树上等来一条鱼

该来的终究会来
要允许一切发生

与其声泪俱下地卑微
不如理性地薄情与绝情

当你能够杀伐决断的时候
世界才会对你和颜悦色

一小块残雪

/ 阿信

棕颈雪雀为什么会在一堆枯干的边玛花丛
急促啼鸣？
它纤细的脚趾无意间触碰到
一个禁区。
它不只纵声惊呼，它还要即刻
与同伴一起
在云天之际

振翅翔舞，做垂直迁徙——
在更高的律令被季候的信使送达之前。

深渊中
/ 杜绿绿

攀附石壁之上
苔藓使她下滑，骤降，晕眩……
粗鲁的、
无数被挤占的语言
能否为即将发生的事留出一点空间。

首先，要在骤降中迅速找到——
一些我们熟悉的穿街过巷的女人。
更多时候她们
待在家里，
一扇窗户边。她们不识字，也有些糊涂
但在雨天能清晰辨别
鹊鸲与乌鸫，谁的叫声更加婉转
谁更擅长模拟它们
无声的歌。这些歌，被小家伙们扑打着翅膀
带向不为人知的秘密之所。

坠落中她柔软下来
柔软的、张开的瘦小的身体
砸向深渊。
她发现了这个被遗弃的矿山

她将从潮湿处获取
鸟儿们堆积于石缝中的
歌。那些被她们咀嚼过、体验过的日子
她们的爱

她们吃了点苦头。当河水汩汩流过
盛夏之后四野金黄，她们穿上合适的短衣
劳动，
劳动。她们从不休息，
她们用月光编织喉间滚动的躁动
她们想：
大雪覆盖了所有的歌和她们。

而深处，
暴露出更深。她即将到底时
看见了。

反而完美
/ 余怒

极端些反而完美。年轻时的心愿：
"把世界献给谁谁"，做她的信仰者。
活在真实中还是虚幻中，
身在世间还是冥界，都不是问题。

五十岁之后，安于老去，
把老年之爱看作人生的巧合，
安于世界的形式和法则所带来的伤害，
持有一切安于现状的正确想法。

初夏的闪电
/ 周庆荣

子夜出没的闪电，让我看到亮亮的天火。
不断变化的形状，一会儿是"天"，一会儿是"人"。闪电，把天写在天上。
　它们同时也把人写成天空的内容。
闪电，天空中神秘的写手。

生命的根须状或者燃眉的事端，似乎都是它们写就的文字。

或许远非文字。

当闪电如"天"，我们所熟知的夜色会因此羞愧。

当闪电把"人"字在午夜写亮，每一个人的光芒就属于天命？

闪电是天空的狂草，它们因为夜色而格外醒目。

它们将转瞬即逝。

初夏的人间，目光中的铭文能够保留多少？

这取决于人间有多少人此刻还醒着。

这取决于醒着的人有多少正在看着天空。

说到"天"，其实是"人"字上面的两道提醒。

一道为真。

一道为实。

这是初夏的时节，万物将越加葱茏。欣欣向荣伴随着芜杂，真，是看不见的
永恒。实，是人间平凡地活着的一切。

这少言寡语、转瞬即逝的闪电，如果被忽视，接下来应该是雷声，是雨水。

或者振聋发聩。

或者荡涤尘埃。

投石冲动

／ 臧棣

高铁车厢里，一等座
并不意味着太多的事情；
邻座男性，穿着得体，
看着不止像夜舞经理，
正在用他的电子设备
浏览来自世界各地的消息；
因为没插耳机，声响很大，
大到我内心里一块
我以为已沉入地狱多年的
石头，又开始露出端倪；
我本想提醒他：这是公共空间，

如果他想看的东西只满足

他自己的私欲（当然不是死鱼），

他应该戴上耳机；有好几次，

身子都转过去了，但不知何故，

话又被咽回肚子。难道我指望

更公正的、叫不出名字的神

会因这点小事而惩罚

我们之中的道德的迟钝？

或者更严峻，惩罚他

竟然多于惩罚我？

也许，我已过了冲动的年龄，

但更有可能，我的冲动

已混入诗的必然的暧昧；

也许，更深的道德潜意识里

我在想象更有想象力的解决。

嫌恶的同时，偶然的瞥视中

我也被迫关注了一条新闻：一群人

情绪激昂，正在用投出的石头

处决一个私通的女人。

镜头拉近，那个被石头

反复砸中的女人，很快就

身子一歪倒在罪恶的土坑里。

我的呼吸开始沉重起来，

对邻座的厌烦，也开始走神——

很难想象这样的画面会流出，

滚动播放在高铁车厢里。

那投出的石头中，至少有

一条弧线，过于完美，让我想起

小时候在美丽的金沙江边，

一群缺少管束的孩子，

每天最大的乐趣，就是

用那些随处可见的鹅卵石，

击打江中的游鱼，树冠里的雀鸟。
我终于感觉到了另一种深奥：
比如，邻座这个男人
他不插耳机，故意把音量放大，
也许是有原因的。没准他
就是从那些被投石惊吓过的
鱼或鸟中转世而来的。

元月二日夜，梦见老友江一郎和我的岳父朱洪雁先生
/ 谷禾

梦见老友江一郎，我记起他
电话号码，一直留在我手机里，
仿佛我与他，并不阴阳两隔。
这会儿拨过去，还会响起
爽朗的笑声、粗重的喘息吗？
唉，我愿他还好好活着——
在他的温岭，每天晒着暖，
一点点变矮，回归婴儿状态，
从襁褓中，对着我呵呵傻笑。
多么好——死亡不是灯灭，
而是变小，向后转，退着走开。
我怎么梦见他，还有我的岳父
朱洪雁先生，他奉夫子，
喜美食，惜羽毛，乐善好施，
有高古之风，以耄耋之龄，
赶在入冬前，回到了旷野安身。
隔着堆垒的新土，他听见
熟悉的风声，和雨声——
亲人们的脚步，一点点远去，
而我们，从此再听不到他了。
他活着时说过，走的关头

就走利索一点儿，不要拖累
孩子们，更不要拖累别人。
这心愿，真的实现了，
我想，这该是他最大的慰藉——
在黑夜，在白天，他的女儿
拒绝离开他生前的房子，
却依旧难再相见，即使在梦里。
哦，下雪了，白茫茫的，
除了凸起，他驻足的地方，
也变得模糊起来。留在
雪上的深浅脚印，就好像
他昨夜踏雪离去的佐证——
他是去了喜欢的另一地方吗？
"五七"祭日，我去坟上
看他，给他烧纸、磕头，
以古老的仪式，做迟滞的告别。
回到家，从抽屉里，瞥见了
他遗留的药片，在灯下
依旧闪着，尘世的苦光。
今夜，我同时梦见他们，
而他们并不相识。又想及白天
经过雍和宫，那些八百岁
老树，春来将继续枝繁叶茂，
却没有人能永生。我悲切的心，
才渐渐地释然了。

即兴音乐会
/ 黄礼孩

时光之手一直在拼贴
广州沙面的建筑群
幽暗中开始合唱

真实的杜撰带来梦幻

风刮起来，雨势渐大

黄色房子，用灯塔来命名

香气迷离出看不见的光

钢琴家蔡韵在做即兴音乐会

她的秘籍降低了街市的喧嚣

随之而来的回应

是远处偶然的雷声

我爱这意外的闪电

仿佛生活推开荒诞之门

房间的彩虹跃起

与可感的事物刹那对话

观众是海水中悬浮的岛屿

异想的马耳他游鱼

就像这冥想的女孩

有了自己游荡四方的野心

自上而下的布料

白色之光的片段

这链接的锦帛，如流浪的山川

你换一下姿势，温柔的小奇迹出现

之前身体裹着的冰川

开始松弛，时间的水滴

在梦寐里晕开人间的宣纸

我看见了更多手势，变幻无穷

戏剧性地拉出光影

把梦铺到脚下

又升起蓝冰的月亮

这隐匿的关联，虚无地

抓住了内里的静谧

仿佛进入镜中，生命依旧神秘

从这个房间到那个房间

寓言被破解

闪现，旋转，持续
消失的与呈现的
仰望的与遗忘的
在音色里——到来

书
/ 娜夜

谁丢下的书
空气抚摸它
到了秋天
会落上枯叶和鸟粪
雨水使它沉重
模糊
语焉不详
难以保持一本书的形状
回到书架上——

书房里的寓言
唐卡上的菩萨
夜深了
月光带着几颗小星星来到书桌上

——她在摇椅里　大提琴在低音区

在菊村
/ 路也

一座可扫码识别的村庄
以种植菊花为生
簇拥与铺排，造就宫殿
品种繁多，名称按字母表排序

以亩论，讲收成，菊浪滚滚

供观赏，烹炸而食，制茶，酿酒，提炼精油

送至作坊或泡入药水

放进卡车斗子，以轮子运出去

绽放于在线电商文案

遍及天之涯地之角

象形的菊花，拼音的菊花，数字的菊花

二次元的菊花，后浪的菊花

云搜索并且保存到云盘的菊花

手心里攥着钥匙

一朵覆盖另一朵，一朵抄袭另一朵

一朵复制并粘贴成为另一朵

一朵是另一朵的幻象

成千上万朵

堆砌着起伏着

在架桥铺路

通向远方或深渊

人们从越来越胖的菊花那里

赊出了富裕、祝愿、喜乐和安详

却无论如何

赊不出一个陶渊明

当然，也赊不出一个李清照

而就在村口，在坡崖，在溪边

一丛清瘦的野菊

正轻盈含笑

从魏晋起，它就一直生长在那里

芳香里含有一丝辛辣

它知晓无论如何

诗人爱的是它，永远都是它

《渡口》诗选

/ 徐南鹏

雪　峰

要走很长的路，还要抬头
才能看见寒冷的、干净的雪峰
一切都是真的
圣洁的东西总是在高处
总是不能轻易得到
一切都是真的
用我的双脚，自己走
也能够到达我望着的那里

秘　密

时间还早，我故意
绕了一个弯　去上班
像极端无聊的人，走上
城市偏僻的道路
行人稀少，十分冷清
突然，我看见
一朵桃花，唯一的桃
花，像枝头
卸下的一团火

春天，已经在密谋中被点着

从今往后

从今往后，我把脚放在地上
我把双脚放在冰凉的土地上
从今往后，让那石头
让那尘土，让那水，亲密
让我们抱在一起，让我们一起完成

故　乡

如果一只鸟飞过
如果飞过又停了一下
如果停了一下又落下来
如果落下来又开始歌唱
如果歌唱是远远不够的
还要在大地上筑巢　飞翔
生养一大堆儿女
我就把诗歌给她　赞美她
把自己洗干净
把血　骨头
给她　肥沃她

拭　擦

我取一缕晨光，一掬清风
一个世界的露水和一生的专注
拭擦这块玻璃
不让上面沾染一粒埃尘
不让飞虫在上面有片刻停留
只有阳光笔直通行

把整座屋子照亮
很远的地方　就看见这扇窗
闪闪发亮　映照心灵

早　晨

我捧起清水，洒在脸上
我的脸上就有了笑意
我不止一次听到命中的声音
我被滋润，被养育
有了健康、智慧和快乐
以及不断从内心涌流出来的爱

一豆灯光

我推开窗。不是要让风进来
我对面的椅子空着
这只是暂时的。一条路
在夜色里伸延
穿过平原、河流，来到山脚下
并不为你所见
它沿山坡曲曲弯弯通向山巅

在那里，借着满天星子
你一眼就能看见
远处，一豆灯光
这里，是人间的温暖

我喜欢看着树轻轻摆动

先是几片叶子，轻微地颤动着
有一片把阳光打回来。大地的午后

晃了一下眼，如此静寂。然后，是最上面的
细枝加入了摆动，更多叶子的喧哗
然后，是树干，先是往左边
倾斜自己柔软的身子，继而向右边
摇晃，仿佛内心有足够的喜悦
要向周围的树述说。它们晃动得
有点厉害的时候，下边的湖水
以及湖中映着的山峦、蓝天、白云
偶尔飞过的不知情的山鹰，也应和着
不停地摇晃起来

互　证

不要追问，燕子如何从南方，飞过河流、高山
落在北方的屋檐上。要相信一阵风，相信
感动的力量。向一株草致敬，向风中颤抖的小花
问候。除此之外，我不能给予更多。我懂
它积蓄多久才有那么大的力量，说出自己的
鲜艳！春天有的，你必定会拥有
繁复的枝蔓，我轻易地辨认出，落在
地面上的星光，以沙子的粗糙，温暖叶子的致意！
我站在这里，亦怯弱，却增加了大地的重量！

没有什么是无足轻重的

没有什么是无足轻重的。
每一阵风过，都要抓住些什么
一片树叶，一粒沙，一声隐匿的尖叫
云被撕扯成一地心碎的花瓣。
你听不见的，不一定就没有
多年之后，那隆起的时光和沙漠
必定都压在我的身躯上

我也要轻轻转身，去适应
烟雨中的江南
花事正喧嚣

秋风令

秋风加重了
一阵一阵吹着树叶
从最远的地方
叶子开始发黄、蜷曲
在谁也不知道的时候
它将飘落
我站在这里
看清一切
并且试图减缓风的速度

石头记

桃花灭
不惊，不乍
我坐在一块石头上
像石头安静于大地的辽远
我们彼此信任
构成世界
最初的
景象

在鼓山

石头，是最热切的
但终于等到这个时候
大块大块躺倒在山坡上

一句话也不说

满山松树
本来并没有什么心事
还是被一阵疾风
挑逗起来
啰唆个没完

倒是一群少年
不求甚解
一会观石
一会问松
一会听风

诗

爱，太轻了
相对于人间

爱，太小了
相对于宇宙

我不能够为得到一碗粥
而失去无尽的清风

我也不能够为明月
辜负一场安静的睡眠

（选自徐南鹏诗集《渡口》，长江文艺出版社 2024 年 2 月）

《与寂静书》诗选

/ 包苞

春 日

阳光下，风筝获得了生命，
它们的血液是蔚蓝色的。

天空在人们的眼中垂下来，
垂下来，像空无之树，
孩子们都在枝头盛开。

多么好啊！
万物都有花朵。一块古老的石头也要唱歌，
它把幸福，幸福成了泥土，
一半飘在风中，一半踩在脚下。

我也是一个幸福的人，
在人群中行走，忽而又飞上天空。

阳光中

阳光一落下，就是温暖的。
我听到大路边草木和石头在说话，
在谈论这么好的天气，飞鸟

为什么不停下来。

我也看到大路边
去年的枯枝上，有新芽绽出，
一粒，火种一样，有微羞的脸孔，
也有鼓胀的内心欲望。

和它们相比，我内心的涌动
一直都很隐蔽。阳光中，
有一百眼温泉，遍布我的全身，
但我忍着，不让它们冒出来。

黄昏，读一则童话

黄昏，读一则童话：
一个小女孩，在黄昏的落日中等她的爸爸
而她的爸爸，已经不在人间

她一直在等。
落日，一直在下沉。
我的心，也一直在下沉。

我也是父亲，我的女儿也正在长大
那一刻，我是如此伤心！

只有我知道，父亲不会再回来了。
而每个黄昏，女儿还是去老地方等
那一刻，我是如此伤心！

我的女儿也在长大
她不知道我经历的这个黄昏
我不想让她知道

我正在为她经历一次伤心的落日

我也不想让她知道
当那个小女孩牵着另一半的手
出现在多年后的落日中
我落下的那一滴泪，也是为她的

清　明

等花开。
等远方的人来。

等春风的小路
攀上枯树的高枝

亲人啊
春风绿处
你把这不舍的人间
又想了一遍

你眼里的艾蒿也许不是真艾

艾蒿长在野草中，并不十分好辨认
如果不是亲自去拔
我真不知道有那么多野草都和它相似

水蒿。火绒蒿。铁蒿。甚至茵陈、荨麻草。
但艾蒿就是艾蒿，拔过你才能知道。

我曾数次把水蒿拔在手里，
田里劳作的老人就笑我。

他在野草中给我指认艾蒿：
"叶子较圆，有白色的背光。再闻一下，
嗯，就是这种带有苦味的艾香！"

我终于在野草中，找到了艾蒿。
而早晨的露水，已经打湿了我的衣裤。

但我并不能，用文字
把艾蒿从那些野草中分离出来。

我提着拔好的艾蒿回家，路边的老人又告诉我：
只有沾了端午露水的艾蒿，才是真的艾蒿
而我拔回来的，也许只是一把野草

静　坐

又一次，在水边坐下来，
听水流的声音，也听微风。

我静静听：血液流经心脏
又在大脑里分出枝杈；

我静静听：呼吸穿过肺叶
推动体内的门窗。

我甚至被这声音，吓了一跳。

何其相似啊，血流和水流！
何其相似啊，风声和呼吸！

我甚至听到了深。
听到了远。

我听到怦怦的心跳，仿佛听到
一个久被遗忘的世界。

这个夜晚，我也听到泪水
流经身体，轻轻，落向人间。

夏天的记忆

父亲抱回的大西瓜，放在正屋的方桌下，
整个下午，我都瞅着它青翠的绿色咽口水。

这是漫长夏日最美好的时光，
等天黑，一家人都回来了，
父亲在院子里摆上小方桌，然后，用刀切开它：
鲜红的沙瓤，乌黑的瓜子，像一个清凉的星空。

美好的夏日周而复始。
有时，我是一把忧伤的小刀，
更多的时候，我是一颗怀抱星空的大西瓜，
等父亲，把我抱回家……

小　路

沿着山谷，小路在寻找自己的出口
遇见潭水，会停下来
遇见悬崖，会久久张望
而更多的时候，往事的青草会让它迷失

一条小路，总和俗世有着相反的方向
流水在寻找大海
而它，在寻找天空

以及天空的流云、明月
甚至静夜里的星空、鸟鸣

沿着这条小路，我独自前行
过去的时光，则会一个个从路边闪出来
她有姣好的面容
和充满泪水的大眼睛
好像她一直等在那里，从未离开……

我，或者敌人

人群中，我挣扎，呼喊，
苦苦找寻，
可我还是一次次，
把自己丢了。

一次次抗争无效后
我选择沉默，
甚至
认同。

在不断的丢失中，
另一个我，渐渐凸显。
它潜藏在我的生命中，
像一个
卧底。

它用时间，
告诉我：
我的敌人
一直都藏在"我"之中！

饮马沟小调

河水走过的弯路
风，也在走
风把河水吹干了

河谷里走过的驴车
梦里也走过
驴车不在了，铃声还在

一辈子都想走出去
一辈子，又都无怨地留下
风是远方，风也是命

坐上了你的毛驴车就成了你的人
活着，是你心上的石头
死了，是你眼里的沙

说什么雄狮当关鹰回头
说什么西天取经象吸水
那不过是风把时间刻进了石头

中秋月

光芒已经饱和
像一粒糖，不能再甜了
再甜，就开始发苦

而我所能承受的思念
也已抵达极限
只能用认真活着，将其扳回

我用团圆收藏的中秋月
现在，已经开始动用
用一次，就少一枚

当我翻开口袋
口袋已经空无一物
你就挖个坑，把我埋起来

那一刻，重逢的月亮
将照亮永别的天堂

（选自包苞诗集《与寂静书》，长江文艺出版社 2024 年 4 月）

《到万物里去》诗选

/ 胡澄

日 子

把所有的日子串起来
如这根珠链
有几个闪闪发光呢
这一排
那几个
都在暗自啜泣
这没关系
所有的日子
都是日子的骨灰
所有的哭泣都成往昔
关键是这根绳子
此在
如同一根草茎
被日子的草木灰滋养
依然活着，向着天空靠近

绿色邮筒

绿色邮筒让我回忆起
人生是分几个片段寄走的

曾经，那么热切地渴望
一个合适的收信人

一封自以为重要的信
和一个错误的地址
是人生的双重痛苦

其实是一滴水错了
在海中寻找海

当我清醒并还原
一切徒劳的投递和寻找都取消了

我是如此轻盈、蔚蓝、徒有其表

和　解

如此平坦的一天
艰难的崎岖小路和黑暗深重的长夜
我都过来了
亲人们离去
又有亲人到来
我的儿子已经长大并经历风雨
我将他交给了另一个女人和广大的世界
他是我根上长出的小苗
但我已经成功地将他移栽
他独立，撑起自己的一片天地
我就此离世，也不会构成对他的威胁和摧残
为此，我感到安慰
我与经历的一切达成和解
所有我辜负和伤害过的人们

请原谅我！所有伤害和辜负我的人和事件
我都忘了。但我并没有忘了曾经的爱和陪伴
即使催逼，也是秋天的风霜
令我的灵魂成熟
所有的岁月，都是上苍对我的馈赠
我领受并真诚地感谢！

句　子

句子从笔端出走后
停了下来
如一座亭子
可句子不同于亭子
在某些劫难经历之前
你无法穿过它
无法到它内部坐一坐
流一会泪
或微微地笑
在命运的教法全部
完成之前
你无法真正懂得命运
没有玻璃般碎过
就无法认识一堆碎玻璃

钩　子

雨后春草般
世界伸出许多钩子
等我挂上去
如一颗沉重的瓜，我曾经悬在绝壁上
下肢鱼尾般
挣扎。当我遇见第二个钩子时

欣喜依旧
第一个钩子的模样早已忘了
而钩破的上腭也已经愈合
仿佛，这趟尘世之旅
专为钩子而来，为了遍尝被各种钩子
钩住的滋味
直至没有了上腭
没有了体重
回到了泥土和月光中

没有体重真好啊
谁看见过月光和空气
挂在钩子上呢

古　井

它收藏过的面容，
如果打印出来，
一定有族谱也不曾记载的祖先。
几乎，整个村庄的人物和历史，
都在水面浮现过。
荒芜的年代，大地干裂，
颜面枯槁。
井边总是翠绿和湿润。
从晨曦初露到晚霞浸墨，
扑通扑通的打水声不绝，
而井水的海拔不变。
它的深渊里藏着全村人以及牲口的命。
年幼时，我常在井边玩耍。
低矮的泥墙土瓦，村庄隐在杏花底下。
白鬓回乡，
高大的水泥钢筋丛林，

取代了杏树和樟木。

安　详

安详地居于自身之中
安详地居于广大之中
安详于一切劳作中
安详于驴中、马中
风雨中、烈日中
蓬勃和枯萎中
安详于无念中
即使以乌云为命
也是居于无垠的湛蓝中
柳月如镰
与清风、光明为伴

暮色中的草原

两匹马面对面的剪影
像一对静物
无数匹马，一动不动
头低垂
鬃毛是垂挂的铜丝
皮肤是锈了的古铜

夕光在山顶展开
巨大的殷红色光扇
羊群和草尖以及飞鸟都镀上了金边
马古铜色的脊背有光线
正在撤退
回到幽暗中

许多事物以幽暗为家
月亮尚未升起
在这巨大的明暗交接的静谧里
唯呼吸轻轻，在时间中弹奏
万物都在弹奏着时间这根琴弦
并希望自己永远弹奏下去

（选自胡澄诗集《到万物里去》，长江文艺出版社 2024 年 2 月）

《我比飞鸟更先抵达》诗选

/ 吉布日洛

以爱之名

我感激他仅有一次的生命与我产生关联

也痛恨他一次次当着我的面吞下石头和毒药

在心中建城堡，筑高墙

他以爱之名

送我黄昏下的芦苇

和黑色的郁金香

却不忠诚于脚下的土地和萧瑟的四季

我看见一个神色忧郁的女孩

在如花似玉的年纪

坠入深渊

"嗯，那是清晨起雾的海"

而我是林中惊慌失措的鹿

谁都有可能成为我的猎人

（日月、粮食、贪欲、自以为是的信念，诸如此类）

星空万里还有许多你

大可不必教她去寻什么样的伴侣

山高水远自然会有最好的人等她

无须担心水深火热将怎样灼伤她

那泪滴会在岩石上开出圣洁的花

逆　行

别说远离尘世
我从来就不在尘世之中
秋冬属于我
而我属于孤独

别说远离忧伤
有什么值得我们忧伤呢
如果实在疲累，实在想哭
就去远行，去走南闯北
和新的陌生人擦肩而过

信仰的一切事物
总有一天会来到
比如和所爱的人
牵手走在沙滩上
成为天空与海洋的万分之一

给爱取一个忧伤的名字

最后一次为她下跪吧，为那个即将与世长辞的女人
在遥远的故乡她仍会给你无微不至的关怀和虔诚的爱
把你手里的花献给她吧，像初次见面时的清风徐来
在辽远的边疆和平静的湖面是相似的绝望
天黑的时候就唱歌吧，想起你来总有甜蜜的喜悦
忘了我吧，尽管我的祝福含着眼泪
继续走啊，像从未受伤一样无所畏惧

交　易

鸟儿啊，给你我的粮食
樱桃、谷粒、雪、光芒和雨露
你到我的文字中来，多叫唤几声

请在秋天到来前把我叫醒

我想给你一个秋天
以及秋天里一亩三分地的希望
你可以用你勤劳的双手
在这块地上
种下万马奔腾、星河灿烂
如果你不介意，请帮我在这块地上
立一块爱情的碑
周围嫩草茂盛，玫瑰在拔身上的刺
对世界充满好奇的孩子走到这里
会展开丰富的想象
即便从来没有人能完美地拥有它

她的手

她用柔软的手
触碰溪流
溪流有了游鱼
划过天空
天空飞来云雀
耕种土地
土地长出粮食
抚摸羊背
羊毛变成衣裳

姐姐的猫与我

姐姐执意要我去她家里住
说把没有猫毛的那间卧室给我
我考虑再三退掉了酒店
去见姐姐和她的猫
我从小对猫不来电
猫毛还有猫的呼吸声都令我烦躁
自上次沾了一身猫毛后
我就与姐姐和她的猫保持距离
今年我 28
对猫开始有所改观
它陪伴着姐姐
让姐姐不会因为一个人而感到孤独
怕影响姐姐休息
此刻我蹑手蹑脚地收拾着东西
像一只猫
而猫躺在姐姐的卧室前
眼神柔和地望着我

亲　人

姐姐是叔叔的女儿
她比我小 10 个月
但是扭转不过来的辈分
让我一辈子只能喊她姐姐
还好她长得比我高
懂得比我多
所以我也认了
我和她一起长大
我们同睡一张床

穿她的衣服

而今她在成都

我在普格

她还未嫁

我已人母

有着不同的生活

像活在两个世界

世界上每个人

都有不同的生活

像活在不同的星球

又息息相关

噢，姐姐

我的伞落在你家了

反正我来时两手空空

就把它送给你的猫

当玩具吧

你的亲人

就是我的亲人

（选自吉布日洛诗集《我比飞鸟更先抵达》，长江文艺出版社 2024 年 1 月）

《提灯者》诗选

/ 黄保强

母亲（间或为嫘祖书）

粗粝的手触及烟火人间
从蚁蚕开始，喂养渐入佳境
它褪去黑暗的外衣，不舍昼夜地贪婪
这一张竹箩，交叠整个河山
千丝万缕，母性的慈悲皈依
今夜月光如镜，反转曲解的真实
你所有孩子
都吐纳无微不至的养育，临行前密密地缝
一匝匝地紧锁
直到有一天，破茧成蝶——
吃一世的苦和冤屈，还我们一个清白
那些残破的桑叶，如同漏沙的手掌
它们统统不动声色，把漫漫黑夜
粗茶淡饭、素色裙子以及望归的路磨得温柔
且唠唠叨叨

黄 河

正午，那些划羊皮筏子的人
仍搅动脚下之水

他们嘴里的"尕妹妹"在冗长的歌词中开始含糊

他们应该在赎罪

草方格沙障也不能抵挡

五十多岁，黄河浪中起伏

他们曾手刃乳羊，剥皮制衣

从河东到河西

如同黑色的钟槌

在腾格里脖子上敲敲打打

豁口上掉落下来

天地之间，这最小的沙才是归宿

光的兄弟

手电筒，打在黑暗的墙上

如同一把凿子面对群山

一晚上，我和儿子乐此不疲

他追逐光束，我逃离他的捕捉

我们就这样忽略他说的树、落日、码头和野兽

偶尔，他抓到光柱

假装拿起来，凑到我眼前

气喘吁吁

多像突然遇见的赶夜路的兄弟俩

先相视而笑，再抱头痛哭

荒原上的寺庙

和干枯的野草同根

所以少香火和桐油

突兀地在一道沙梁上

偶尔的过路者在这里歇脚续水吃干粮

他们和菩萨一样质朴

几个修复塑像的匠人正描摹眼睛和耳朵

希望画得大一点

让慈悲看得更远、听得更远

此刻

两岁半的儿子对着荒芜大喊

你好

回声中，似乎木鱼和金钵也响了一声

致故乡

我用所有的办法热爱

悲哀的，高尚的，卑鄙的

如同一株隶属于百合科的植物

让所有遇见都幸运地发生在春天

你所不知道的，弯曲的路

荒芜的盐碱地，映天的沙涛

低矮的老屋，陈旧的九宫格窗

都是我在一封介绍信中欺瞒外界的字符

十九岁那年，你把所有心事摇落

却没有眼见为实的丰收

多年后，我和你都习惯听"回来了"招呼语

听说下雨的异乡会飘洒童年的味道

即使心中供养僧道

也数不过来究竟哪天该让信鸽送信

当傍晚倦鸟归林

当提起故乡，我们仿佛水手

这一年年受风受潮的伤疤

又开始隐隐作痛

我且画一柱高过屋顶的烟囱吧

再给一道熟悉的菜命上陌生的名字

羊皮袄子

烤火的黑柴再硬，也敌不过时辰
炊烟，羊奶，薄田，三间老屋，你尚未及道别
我是从凌晨和别人的熟睡中进入
一场歇斯底里的哭诉
腾格里早已没有力量流动
就交给风吧，你身体上的袄子
同几只羊的死亡，成为雪地或煤场
这交换十分悲壮
野草代为拽拽衣襟，荒原磨出锋利后继续沉睡
我的哀思因此拉长许多
一件羊皮袄子的温暖
终会被口袋中的石子和脚下的泥土占有
我在你的名姓前，一直两手空空

背　包

冬天的腾格里少不了雪、羊群
一只羊羔离开母体需要火烤干羊水浸湿的胎毛
需要放进牧羊人背上的毡包
经过墓地、柏油路和水库，回到初识的家
直到站起来
从家，依次经过水库、柏油路、墓地
再远的地方是铁道尽头
偶尔一趟慢速列车会分开祖父和羊群
那一年，拔过的青草重新扎根
沙葱菜又绿了山坡
日积月累
那个背包，沾满浮动的月光
漏下唯一一把老骨头

落地成沙

一只鸟在雪地散步

红爪，白地
只有鸟，丈量得准
从家到墓地的距离
起初是一对，再到形单影只
雪雾广袤
我的祖父偶尔拢着羊皮袄子打火点烟
偶尔被呛咳嗽
像唯——一个蠕动着的黑点
一阵风来
谁都看不清
是那只鸟还是他的帽子
在飞

观湖大道，正午

观湖大道因湖而名
也因梧桐而更像街
这是深秋最后几天
踩在落叶上的，一定人到中年
毕毕剥剥的声音由前往后
如同拖着脚镣
金属撞击声中，无须躲过虫鸣、泔水
乃至唯唯诺诺，越走越远的春天
从清晨就启程，谁来安慰一棵树的英雄气短
正午，所有苍凉的投影重叠
因而慈悲最大

我的沉默

有时装进一只罐子

有时在暗处反刍

不看，不听，不辩

从云南到甘肃

两百多年车马声声

一片浮云越过一个人却需要时光

是也，在夜幕中一遍遍默念故乡

生怕晨钟中走散

如同一个农夫簸箕里的米

生命里颠扑，成为有足够栽种资格的种子

我屏住呼吸，任荒原上的孤独狼

呼啸月光下满身火苗的自己

我只身背负一张陈年的网

记住每株向阳微笑的低处的花木

不带走一片草甸以及随处可见的春风

一茎青荷

顾左右而言他

（选自黄保强诗集《提灯者》，长江文艺出版社 2024 年 2 月）

域外

我和一只隐秘的动物住在一起

/ 胡安·赫尔曼[1] 著

/ 范晔 译

动 物

　　我和一只隐秘的动物住在一起。

　　我白天做的事，它晚上吃掉。

　　我晚上做的事，它白天吃掉。

　　只给我留下记忆。连我最微小的错误和恐惧

　　也吃得津津有味。

　　我不让它睡觉。

　　我是它的隐秘动物。

墓志铭

　　一只鸟活在我里面。

　　一朵花在我血中旅行。

　　我的心是一把小提琴。

---

[1]　胡安·赫尔曼 (1930—2014)，1930 年生于阿根廷首都布宜诺斯艾利斯，11 岁开始写诗，一生共出版 30 多部诗集，被公认为 20 世纪西语诗歌最重要的声音之一，其诗备受包括若·萨拉马戈、胡里奥·科塔萨尔、爱德华多·加莱亚诺在内的一众名家推崇。2007 年荣获西语文学界最重要的奖项——"塞万提斯奖"。2014 年，胡安·赫尔曼因病逝世于墨西哥，阿根廷政府宣布全国哀悼三日。

我爱过或不爱。但偶尔
有人爱我。也有些事情
让我高兴：春天，
紧握的手，幸福。

人就应该这样！

（这里安息着一只鸟。
　　　　　　一朵花。
　　　　　　　　一把小提琴。）

我们在玩的游戏

如果让我选择，我会选
深知自己重病的健康，
生活在不幸中的幸运。

如果让我选择，我会选
不再天真的无辜
不洁生活的纯洁。

如果让我选择，我会选
用于仇恨的爱
以绝望为面包的希望。

就是这样，先生们
我赌上我的死亡。

诗　艺

在那么多职业中我选了不属于我的那种，

就像一个严酷的主人
它逼迫我工作，没日没夜，
在痛苦中，在爱中，
在雨中，在灾难里，
当温柔或灵魂敞开怀抱，
当疾病压垮了双手。

逼迫我选择这职业的是他人的痛苦，
眼泪，挥别的手帕，
在秋天里或火焰中的诺言，
相逢时的亲吻，告别时的亲吻，
是这一切逼迫我用语言，用鲜血工作。

我从来不是我的灰烬、我的诗行的主人，
是幽暗的脸庞写下这些，仿佛射向死亡的子弹。

手

不要把手放进水里
因为会变成鱼游走
不要把水放进手里
因为会引来大海
以及海岸
让你的手就这样
在她的空气里
在她自己里面
没有开始
没有结束

雨

今天下雨，很大的雨，
仿佛在清洗世界。
我隔壁的邻居看着雨
想要写一封情书
写给跟他一起生活的女人
给他做饭洗衣服跟他做爱
好像他的影子
我的邻居从未跟那个女人说过爱的词语
他从窗户进到家里从不走门
从门走出去到很多地方
去工作，去军营，去监狱，
去世界上所有的建筑物
但从不去世界
也不去女人那里，或灵魂那里
就是说 / 去那个抽屉或那艘船或那场雨我们称之为灵魂的所在 /
就像今天 / 雨下得很大 /

对我来说写出爱这个词很不容易 /
因为爱是一回事而爱这个词是另一回事 /
只有灵魂知道两者在何处相遇 /
何时 / 如何 /
但灵魂没法解释 /
所以我的邻居嘴里有暴风雨 /
遇难的词语 /
不知太阳存在的词语因为它们出生死亡都在爱过的
一夜间 /
把信留在头脑里因为他从未写出 /
就像两朵玫瑰之间的沉默 /
或者就像我 / 写下词语为了回到

看雨的邻居那里 /
回到雨 /
回到我被流放的心 /

舞　蹈

他试探黑夜在一个没有未来的街角。
从白色的月亮水
到古老的秘密，
失去了读过和写过的一切
在与失误的交互中。
那失误就是他吗？
当痛苦等同于虚空
将为不存在的爱情而疲惫
将在他的太阳穴盛开时间
仿佛被揉皱的玫瑰一朵。身体
将被缝于自身的过往
将被告知可能之事
发生在未发生之处。于是
他将看见美
不完整的根基，他动物般的幸福，
他不确定的真理好像有人
在广场跳舞，在那里

世界变得阴柔而他自己分开暗影
用他已不存在的手。

习　惯

不是为了留在房里我们才建房子
不是为了留在爱里我们才去爱
我们死也不是为了死

我们渴望
又忍耐如动物

苹　果

苹果孤零零在盘中，
没有了乐园能做什么？没人瞥见
他苦涩的疤痕。
是在问我吗
秘密去了哪里
如何穿过那么多紧锁的
门，暮色深沉
而坚定，脸孔
在做梦，做梦，做梦，
过往的失落都无动于衷？
在角落里，风
摇动树叶的影子。

最　终

诗歌不是飞鸟。
　　　　　　是飞鸟。
不是绒羽、空气、我的衬衣，
不，这些都不是。这些都是。
　　　　　　　　　　是的。

我用一把小提琴砸向黄昏
想看看发生了什么，
我找石头去问有什么事发生。
但没有。没有。
　　　　　　　还是没有。
难道我忘记了那块手帕

那里沉默地回旋着一首老华尔兹？

我没有忘，看看我的脸颊

你们就能发现，不，我没有忘。

我忘记了那木马？

摸摸我里面的孩子你们就知道没有。

那又怎样？

　　　　　　　诗歌是一种生存方式。

看看你身边的人。

爱吗？受苦吗？歌唱吗？哭泣吗？

　　要帮他们斗争，为他们的手、他们的眼睛、他们的嘴，为了用来亲吻和用来赠送的吻，为他们的桌子、他们的床、他们的面包、他们的字母 a 和字母 h，为了他们的过去——他们不曾是孩子吗？——为他们的将来，——他们不再是孩子吗？——为他们的现在，为属于他们的那一段和平、历史和幸运，为一段爱，大的、小的、悲伤的、快乐的，为一切属于他们的和被夺走的，凭什么夺走？凭什么？

　　于是你的生命将成为一条无法计数的河流，被称作佩德罗、胡安、安娜、玛利亚、飞鸟、绒羽、空气、我的衬衣、小提琴、黄昏、石头、那块手帕、老华尔兹、木马。

诗歌就是这个。

　　　　　　　然后，写下它。

其他地方

你听见了吗 / 我的心？ / 我们走
带上失败去其他地方 /
带上这头动物去其他地方 /
死人去其他地方 /

不要出声 / 保持安静 / 甚至
听不到他们的骨头的沉默 /
他们的骨头是蓝眼睛的小动物 /
温顺地坐在桌旁 /

不小心蹭到痛苦 /
没有一个字提到他们的枪伤 /
他们有一颗金色的星星和一枚月亮在嘴里 /
出现在爱过之人的嘴里 /

他们传播自己梦想的消息 /
擦去他们的眼泪用一块小手帕仿佛洗掉痛苦 /
仿佛不愿意弄湿 /
为了让痛苦爆发燃烧并落座再一次思考 /

我们走 / 我的心 / 去其他地方 /
多糟糕你不能从悲伤中拔出双脚 /
即使是悲伤在亲吻紧握步枪而得胜的手 /
他有心并在心里藏着一个女人和一个男人像老虎在南方的天空中经过 /

一个女人和一个男人像笼中的老虎困在南方的记忆里 /
同时亲吻永远不会长大的小孩子 /
永远不会再成长的伙伴此时把大地
与空气缝在一起 / 缝住你的心 / 和它的动物们 /

我们带着这只狗去其他地方 /
我们没有权利打扰别人 /
我们唯一的权利是重新开始
在庄严的日光下 /

天空的界限已经改变 /
此时充满了相拥的身体
献出怀抱安慰和悲伤
有一颗金色的星星和一枚月亮在嘴里 /

有一头动物在嘴里望着闪光

来自小伙伴他们播撒自己的心
又举起自己燃烧的心
好像一个亲吻的民族 /

好　像

　　你好像那花岗岩的佛陀，在盘子里接受了一个孩子所能给出的唯一供奉：一抔路上的尘土。

荒　野

你这荒野动物，记忆，你吃掉的草地不再生长。

问　题

　　既然你在我的鲜血中航行你了解我的界限你唤醒我在一天的中间让我睡在你的记忆里你是我的狂怒是我的耐心告诉我这是在干什么为什么我会需要你沉默而孤单将我全身走遍你是我激情的理由为什么我只想要自己充满你拥抱你消除你与你的小骨头混合当你是抵抗遗忘之兽的唯一祖国

（选自《试探黑夜：胡安·赫尔曼诗选》，胡安·赫尔曼著，范晔译，北京联合出版公司出版，明室 Lucida 出品，2024 年 4 月）

亲爱的人们

/ 玛格丽特·阿特伍德[1]　著

/ 李琬　译

迟到的诗

这些都是迟到的诗。
当然大部分诗
都来迟了：太迟了，
像一位水手寄出的信
在他溺亡之后送达。

这些信，已来不及带来抚慰，
迟到的诗也一样。
它们仿佛从水中漂流而来。

无论曾发生什么都已经发生过了：
战役，晴朗的日子，在月光照拂下
陷入情欲，告别的吻。诗
像漂浮的残屑被冲上海岸。

---

[1] 玛格丽特·阿特伍德，1939 年出生于加拿大渥太华，1962 年获哈佛大学文科硕士学位。作品包括小说、诗歌与散文，迄今已在全球超过 45 个国家出版。小说《使女的故事》与诗集《圆圈游戏》斩获加拿大总督文学奖，《盲刺客》《证言》先后问鼎布克奖，《别名格蕾丝》斩获加拿大吉勒文学奖与意大利蒙德罗国际文学奖。

或者，也像是吃晚餐迟到：
所有的词都已变凉或被吃光。
恶棍，窘境，溃败，

或者徘徊，等待，片刻，
被抛弃，哭泣，孤绝。
甚至是，爱与快乐：被反复啃噬过的歌。
生锈的咒语。磨损的合唱。

是迟了，非常迟了：
来不及跳舞。
不过，就唱你能唱的歌吧。
调亮灯光：继续歌唱。
歌唱：继续。

护　照

我们保存它们，正如我们保存
孩子们第一次剪下的发绺，或者
那些早逝的爱人的头发。这就是我

所有的护照，安放在文件夹里，都被
剪去一角，每一页都铭刻着
我已记不清的旅行。

为什么我四处漫游，从那里到那里
再到那里？只有上帝知道。
还有那一沓幽灵般的照片

努力证明我是我：
脸庞是灰白圆盘，鱼眼睛

困在正午时刻的光闪里

带着刚被捕的女人才有的
被猎人灯光照亮的忧郁凝视。
依次排列着，这些照片就像一张

不断趋于黑暗的月相表；或者
像注定每隔五年现身海岸的
人鱼，每一次都变得

更靠近死亡一些：
皮肤在干燥空气中渐渐萎缩，
红褐色头发失去水分而愈发稀薄，
发笑或哭泣都招来咒骂。

献给遇害的姐妹的歌谣

男中音套曲

1. 空椅子

那曾是我姐妹的
如今是空椅子

已经不再，
已经不再存在

如今她是空无
如今她是空气

2. 着魔

假如这是一个
我会给姐妹讲的故事

那就是山中的妖怪
会把她偷走

要么就是一个邪恶巫师
把她变成石头

要么把她关进高塔
要么把她深藏进一朵金花

我必须前往
月亮的西方，太阳的东方
才能找到答案；
我会说出咒文

而她会站在那儿
活着并快乐，完好无损
但这不是一个故事。
不是那种故事……

3. 愤怒

愤怒是红色的
飞溅的血的颜色

他充满了愤怒，
你努力去爱的男人

你打开门
死亡就站在那儿

红色的死亡，红色的愤怒
对你愤怒
因为你如此生机勃勃
未被恐惧摧毁

你想要什么？你说。
红色即是答案。

4. 梦境

我睡着后你出现
那时我还是个孩子
而你年轻并且还是我的姐妹

正是夏天；
我无法知晓未来，
在梦境里我无法

你告诉我："我要踏上
一段漫长的旅程。
我必须出发。"

不，留下来，我对你大叫
当你变得越来越小：
留在我身边和我玩！

但忽然间我已长大
天气寒冷而月亮隐匿

已是冬天……

5. 鸟魂

如果人类的灵魂是鸟
你是什么鸟？
唱着欢歌的春鸟？
高飞的鸟？

你是不是夜莺
望着月亮
唱着"孤独，孤独"？
唱着"死得太早"？

你是不是猫头鹰，
那软羽毛的猎手？
你是不是在追捕，不知疲倦地追捕
谋害你的凶手的魂魄？

我知道你不是鸟，
尽管我知道你已飞到了
那么、那么遥远的地方。
我需要你在某处存在……

6. 消失

那么多姐妹消失
那么多消失的姐妹
许多年来，几千年来
那么多人被一些男人

太快地驱遣进黑夜

男人们认为自己有权这样做

狂怒和仇恨
嫉妒与恐惧

那么多姐妹被杀害
许多年来，几千年来

被恐惧的男人杀害
他们总想高人一等

许多年来，几千年来
那么多姐妹消失

那么多眼泪……

7. 狂怒

我来得太迟，
来不及救你。
我感到狂怒和痛楚
就在我自己指间，

在我自己的双手上
我感到那鲜红的指令

要杀掉那个杀害你的男人：
那才算公平：

被阻止的他，不再存在的他，
在地板上散落为碎块，

粉身碎骨的他。
为什么是他仍在这里

而不是你？
那是不是你想让我做的，

我姐妹的鬼魂？
还是说你想让他活着？

你会不会宁可宽恕？

尾声：歌

如果你是一首歌
你会是什么歌？

你是那歌唱的声音，
还是那伴奏音乐？

当我唱这首歌给你
你并非空无的空气

你就在这里，
一口又一口呼吸：

你和我在一起……

亲爱的人们

亲爱的人们
但他们在哪儿？他们不会无处可寻。
以前人们说是吉卜赛人把他们带走了，

要么就是小矮人，

他们并不矮，但能诱惑人。
那些亲爱的人们受到引诱，
去了山中。那儿有金子，还有舞会。

他们本该在九点前回家。
你打了电话。钟声响起
像冰，像金属，冷漠无情。

一周，两周：什么也没有。
七年过去。不，二十年。
不，一百年。还有更久。

当他们终于再次出现
年纪一天也没长
他们衣衫褴褛地沿街漫步

光着脚，头发蓬乱一团，
而那些久久等待他们的人
已经去世几十年。

我们过去讲的
就是这么些故事。它们以某种方式给人安慰
因为它们在说

每个人都必定在某地存在。
但那些亲爱的人们呀，他们在哪儿？
哪里？哪里？过了一阵
你听起来像只鸟。
你不叫了，但悲伤还在呼喊。
它离开了你然后飞去

穿过寒冷夜晚的田野，
不停地寻找，
穿过河流，
穿过一无所有的空气。

内　部

从外面我们看见一种皱缩，
但是在内部，用心和呼吸还有内里的皮肤
去感受，却多么不同，
多么广阔　多么平静　怎样的万物的一部分，
怎样的星光闪烁的黑暗。最后一口气。或许是
神圣的。或许是解脱。恋人们
在山洞里困住又被封锁，
在最后回荡着的二重唱中
歌声响亮起来，直到那细小的蜡烛光焰
熄灭。哎　不管怎样
当石头或宇宙
将你紧紧包裹
我毕竟还握着你的手而或许你也同样
握着我的手。
虽然那已不是我。我还在外面。

黑　莓

清晨一位老妇人
在阴影中采摘黑莓。
过一会儿就太热了
而现在果子上还挂着露水。

有些黑莓掉落了：那些给松鼠吃。

有些还没熟，是给熊留着的。
有些则会去金属碗里。
这些是给你的，你可以在片刻后就
尝到它们。
那是美好的时光：小小的甜蜜
一个接一个到来，又迅速消失。

曾经，我为你回忆的
这位老妇人
原本是我祖母。
如今她就是我。
再过些年她又会变成你，
如果你还算幸运。

在叶子和枝刺之间
摸索的手
曾是我母亲的手。
我把它们传递了下去。
几十年后，你也会研究你自己的
无法恒久的手，你会牢记。
别哭泣，这就是自然的规律。

看！那个钢碗
快装满了。够我们所有人吃。
黑莓像玻璃一样闪耀，
像十二月里我们挂在树上的
玻璃装饰
提醒我们要对雪花心怀感激。

有些黑莓在日光之下出现，
但个头更小。
正如我一直对你说的：

最好的果子总在阴影中长成。

（选自《穿过一无所有的空气》,玛格丽特·阿特伍德著,李琬译,南海出版公司、新经典文化出品,2024 年 4 月）

推荐

静美之诗

——读一笑组诗《大地的剧本》

/ 张典

诗歌可以不必介绍自己。大多数人喜欢用诗歌托举或真或假的"我",谄媚、控诉、求爱,总归是突出自身的存在。这样的自白也未尝不可,也能产生成功的诗作,让读者(听取介绍的人)心生欢喜,或景仰不已。一笑的诗却努力避免暴露自己,这既与性格中的羞怯有关,也是人生历练与诗艺习练的结果。在组诗《大地的剧本》中,这种"把自己藏起来"的倾向尤为明显。弃置自我的动因大抵有二:绝望与谦卑。一笑当属后者。她在诗中担任的角色是一个无限接近消失的人,而这种消失的前奏是她在诗中的惯常姿态:停顿而后端坐。她走向世间万物,然后"停顿于此"(《瞬间一刻》),"保持一动不动的姿态"(《端坐在湖水前》),因为"我有端坐在这里的生活"(《旧照片》)。静止并沉默,沉默进而消失,她以此接近了诗歌的某种高级形态:肯定世界,肯定并赞美一切。自我隐匿的结果必然是周遭事物的彰显,即使"携带一面镜子行走"(《镜子》),她也不愿照看自己,而往镜子里"装阳光,装乌云 / 装鸟儿,装蒲公英"。她避开了与这些事物的交流,只是静静地描述它们,甚至事物与事物之间也静默着,"和平共处的事物多半 / 不发声"(《午后和猫咪》)。万物静好,大美无言。而且"我能看见的你们都充满慈悲"(《端坐在湖水前》),"斑驳的路还在继续积累慈悲"(《旧照片》),能感受事物的慈悲,这是一种能力,也是诗歌的根本任务之一。当然,前提是诗人要不断地"积累慈悲",将慈悲四面投射,从而激起事物的响应。在一笑那里,甚至时间也是慈悲的,即使它会"留下茫茫的虚无"(《时光荒老》),仍能让她安于变化,安于消失,用渐渐残损的"存在的器皿去坦然接纳"(《"器皿"》),去感受时光的别样美感:"温热的 7 月 2 日,此刻在我身体里正悄悄行经"(《7 月 2 日》)。尽管对浩渺时空及其一切事物（包括人间事物）赋予肯定与赞美，不免显得简单、武断，缺乏深究与担当，但对于一笑来说，这种静美之诗、无欲之诗、肯定之诗，是她内心的真实风景，是她的春天，而她的写作，就是为了"运走这些美丽的词语"（《我来自春天》）。

大地的剧本

/ 一笑

我来自春天

阳光又丰满起来
春天该开的花朵也开齐了
我们总在这样的季节将自己洗涤

宁愿相信我来自春天
或者和春天有关的日子
把扶梯放下来，运走这些美丽的词语

我们对话在干枯的时空
那挤去绿色水分、抽条而出的新枝
该有多么庆幸

很多个春天了，我把自己放在那里
蜗牛的壳装下蜗牛
而我没有展露给大地的资本

像笋尖一样冒出来的事物们
你们枝繁叶茂，或者繁花锦簇
而我，孤独得寂静

遇见一只美丽的蝴蝶

如果，此刻
遇见一只美丽的蝴蝶
我会，轻轻地与它
打声招呼
如果，实在太美丽
说声——喜欢你这样的话
也未尝不可
如果，你是一只女孩子的蝴蝶
你可不要太娇羞
我只是表达我的喜欢
并不打扰你
如果，你是一只男孩子的蝴蝶
你可不要太骄傲
赞美你时，我也很美
你发现了吗
新的一天
期待这样美好的事物们
都来降临

大地的剧本

有人为获得面包而知足
有人为捕到鱼而兴奋
还有人呢，为等一朵花开
邂逅一颗星星
甚至为祈祷一个故事的圆满
而欣喜若狂
当然了，谁的快乐都不会落空
谁都在寻找慰藉自己的心绪而奔走

没有对等性，更没有可比性
诗啊，书啊，词啊
能痛快地注入血液
锄头啊，篱笆啊，鸡啊，羊群啊
能重生于自己的灵魂
这是多好的剧本
谁也不会抄袭
谁也不会偷窥

镜　子

携带一面镜子行走
有时遇见鸟儿，有时它遇见我
当看不清楚时就举起镜子
让云朵爬进来，让晚风轻轻吹

走得太快会遗漏一株蒲公英
它正待放，那就回去借给它力量
无论花籽落到哪里
都会觉得是我种下去的

就是如此，我说看不清
无论鸟儿或是蒲公英
迷住任何一双眼睛都没有罪
我忍住这样的爱停泊

镜子依旧清晰
装阳光，装乌云
装鸟儿，装蒲公英
至于我，赤裸裸地糊涂

午后和猫咪

（一）

猫咪懒洋洋地躺在阳光里
天空的蓝足够盛下它的无所事事
如果非要做点什么，两个彩球够它打发光阴

屋脊上的喜鹊刚刚还在
再一抬头就不见了，蓝雪花开满枝头
白的如雪，如梦，如我的心尖

把脚丫伸进阳光，有一半暖，暖得热烈
冰凉的肌肤需要一时的宠爱
治愈多时的寂寥

（二）

猫咪在我左侧
我们各自沐浴阳光
此时，你有什么要说的吗
春光散发慈悲
枝头的绿，或白，或粉，或黄
都在点亮这个世间
你只顾喝水吃饭，让自己睡着
眼睛的圆，够你看清这个世界
如果飞过一只蝴蝶或蜜蜂
我会向你介绍
和平共处的事物们多半
不发声

（三）

天足够蓝
足够盛下桃花、梨花、海棠花
……
在春天里绽放出骄傲
或呆望，或微笑，或不语

两个月大的橘猫能做什么
翻滚，撒娇，黏着阳光

我与蓝——那么近
我的呼吸装下细碎的无声

（四）

枝头的雪柳花开得热闹
朵朵的白和雪一样
雪是干净的果实，是赠来人间的忧伤
我把云的白放进花朵的眼睛
会收集些什么呢
时光都写在枝条上
我
舍不得落泪

端坐在湖水前

端坐在湖水的面前
杨柳随风摇摆，水波画出涟漪
石头支撑起我的分量

望向遥远的这里和那里
都是陌生的存在，我叫不出湖水的名字
就如我也不必介绍自己的到来

相得益彰的我们，晃荡在天空的镜子下
青田，绿水，悄悄将我写入
微笑吧，眼里的柔情没有一根刺

我能看见的你们都充满慈悲
在漫长而空茫的四周
保持一动不动的姿态

让此成为伸向悠远的平静
准确地将热闹、拥挤分离出去
眼里装满干净的空茫
也装满空茫的干净

每一朵花里藏着一颗籽

我们穿过很多人
穿过绿林，穿过独木桥
最后走在一条熟悉的路上

灯光和月光总是先于我的眼睛
看见并不属于我的那部分
任何时候，我都要谦卑地避让

多向身边的植物们学习
发自己的光，绿自己的叶
修剪每一朵从枝丫里开出的花儿

去书写自己的果实或茎脉吧

往往最细微的爱
躲在最黝黑最深处的内里

比如籽，比如囊
比如心中不曾磨灭的笔画
似牢牢锁住的光影的匣子
——小心而珍贵

论色彩

生活给你许多色彩
红色，黑色，蓝色，绿色，黄色
等等，还有在美学里我所叫不出的名字

众多的色彩，人的年龄、心态
都与之紧紧相关
小时候，我喜欢粉色、红色
后来我喜欢黑色。而今，中年的我
喜欢白色，素洁的白

梦想和活力成正比吧
儿时，梦想可以行进得很久，很远
而今，心向内而走
激起欲望的事物少之又少

不渴望他人靠近，把心归还
降低期望，与自己独处
反而喜出望外的事多了起来
快乐也变得简单，像白纱轻盈地飘在风中

再往后，不知道继续迎接的色彩是什么
也许是绿色、灰色、不知名的颜色

快乐通过快乐，理解人间悲欢
痛苦通过痛苦，解读人间给予

县城又老了一岁？

翻新一个日子，或夜晚
分秒之前就变老了
变老，实在太容易
不需要花费什么力气
一切的一切都不是刚刚的样子
阳台里的绿萝多长一片叶子
屋檐上的鸟窝多一颗灰尘
墙壁的旮旯里多一丝斑驳
就连你抬头看到的云
也不是刚才的云了
你说，我们有多久不见面
时光的磨盘已磨去你多少棱角
多少褶皱，多少视线
不单单如此，也磨去我的样子
我们在自己的时光里奔跑
也无法记住昨天的模样
是的，我比昨天多了一根白发
我比早上多走了几步路
眼前的香樟树、枇杷树、桂花树
居住着的小县城……都在风里日益变化着
那么多的事物们悄悄隐退，消失
谁说委屈？
谁说难过？

世间为了描述

山水远阔，似雾似云

层叠在层叠里，起伏在起伏里
云雀终是渺小，和我一样

能托起你，或者承载你
穿梭于时光的热浪
一个倒下一个又站起

世代的人们走着相同的路
见证同一座山脉，延绵于自然的碧波中
每一个时刻又转换成别的模样

一双怎样的眼睛
才能识别大地的宽厚、丰富？
我真想和你一起永远走下去
把手放进你的手里，把眼睛放在你的身上

我不做云雀、候鸟
我是山岚之巅的那一棵凤尾竹
如果世间为了描述普通，我又为何留下遗憾？
把自己剪辑成另一种模样

瞬间一刻

几只喜鹊聚在一起
煞有介事地商量惊天大事
我怯怯地隐居在后，生怕被发现

天空的蓝盛下所有，包括夏天
我是否被盛下呢（低头看看自己，有点疑惑）
忽然，喜鹊们四面飞开

高空的交际圈，只有长翅膀的伙伴们熟识

我只有一双手脚，停顿于此
瞻望和仰望大概很有区别

如此，自在地穿梭于蓝天、云层、枝叶间
我知道我们追求的是什么，而它们呢
这里正有盛大的会议刚结束

在夏天里，我为谁尝试新的味道而忧愁
独自的，私密的，热心的，想念的
悠悠地等着一份通知

旧照片

旧年的树木葱茏，旺盛
老木桩从时间的河流中得到年轮
自然旋转，无声地静默

我沉浸在这些绿色的照片中
来不及探索自己的表情和眼神
我有端坐在这里的生活——

眼下云朵淡泊轻盈
没有一只蝴蝶来推敲门窗
没有一声鸟叫惊吓到我

世界安静得如流淌的小溪水
感谢声都是草木的呓语

斑驳的路还在继续积累慈悲
无法穿透绿色光影里交错的蓝——
我有自己的命运

我用一只倒扣的小碗盛满今天
向内的弯曲，是另一种
相爱——

时光荒老

麦子熟过后已被收割
大地留下一片金黄的残羹
麻雀、喜鹊，问它讨要一杯米粮

世间仿佛又回到从前
读金庸的武侠作品，煮陈年的白茶
酒酿的醇香叨扰我的味蕾

八十年代的声音多好听
母亲坐在身边，与我谈青春、年少
谈我的童年和幼年，以及村子的变故

时光在我面前逐渐荒老
风使劲地吹拂，后院的果子已长成初见的模样
村子的路走过无数遍

我重复我的时代
母亲重复母亲的时代
茫茫的大地留下茫茫的虚无

无花果树与八旬老人

楼下有一棵无花果树
从春天枝头的冒芽到夏天结出的硕果
它经历着风雨中的忙碌和安定

与此同时，和它一同经历的还有一位八旬老人
她每天站在树下瞻望，从春天到夏天
所有细节的思考都在为果树而周旋

枝繁叶茂啊。果树为不能支撑的重而忙碌
她为其修枝剪叶，用木桩架在枝条下撑起果树的重
如此，一日一日过得安定

果树成为老人的精神支柱
她数着果子度过生命中最重要的部分
让太阳和雨水一起洗刷浇灌她们

没有别人关注一颗无花果树
也没有别人关注一位八旬老人
果树与老人成了一对逆袭时光风雨的朋友

逆行的果子，有时会受伤
她就用报纸将它们保护起来
逆行的一切的事物，都在黑暗与光辉里塑造生命

7月2日

时间走得真快。像长了脚
有时连走带跑，有时又跳过几天
日记，成为走过我生命的证人

总在时间的长河里打捞自己
那个短时失忆，或长时健忘的自己
重复的日食夜居覆盖我的灵魂

除了吃和睡，再有就是脱去灵魂后
为生活、生计而忙碌的躯壳

终有血液和肉体能完全包裹

我不能成为别样，如蒲公英、含羞草……
一日日将自己贴上标签，斑驳的、光辉的标签
书写自己孤独又热闹的一生

多好。像日落，像星辰，像河水
接纳这样的平凡
继而在身体里分解，聚拢。成为自己

雨水拍打着窗沿和屋脊
温热的 7 月 2 日，此刻在我身体里正悄悄行经

一会儿，就要随雨消逝

评论与随笔

声音与文章之道

——听"空山"，一次想象的讲演

/ 李敬泽

　　　　空山不见人，但闻人语响。
　　　　返景入深林，复照青苔上。

　　我们先从王维的一首诗说起，这首诗题为《鹿柴》。山本来无所谓空不空，山上有草木、飞禽、走兽、泉水和溪流，山怎么会空呢？但山就是空的，因为不见人。真的一个人也没有吗？也不是，至少还是有一个的，就是说出"空山不见人"的那个人。人不见人，山才是空的，世界才是空的。什么是空？就是无，只有一个"我"的世界空空荡荡。

　　空山里的这个人，纵目一望放眼看去，他看不见人，他看见了无。但是，接下来，空山不空了，无中生出了有，因为"但闻人语响"。

　　"响"就是有，就是不空，我们看不见人，但是听见了人的声音。这个"响"字真是用得好，用得响，一记铜锣一个二踢脚，一下子就热热闹闹、滚滚红尘、一世界的繁华。前些天热播的电视剧《繁花》，里边的一个高频关键词是"不响"。在金宇澄的原著小说中，有人统计过，"不响"用了一千三百多次。还有人说，王家卫改电视剧，把《繁花》改得面目全非，人也不是那些人了，事也不是那些事了。但其实，他抓住了"不响"，这就是小说《繁花》的灵魂。"不响"的正面就是"响"，没有"响"哪来的"不响"啊？所以，看电视剧，一二三集看下来，就觉得吵闹，屋里飞来轰炸机，炸弹不要钱一样，我不得不调低音量，以免打扰邻居。王家卫是搞电影的，电影中一个至关重要的艺术和技术环节就是声音，他会不知道这个声音太吵太闹？他就是要吵闹，他就是要"响"，有了"响"，才会"不响"。金宇澄的《繁花》、王家卫的《繁花》，每一个"不响"，都是闹市里一个静默的间隙，是不能说不必说不知从何说起，是"灯火阑珊处"，是"欲辨已忘言"，是"此时无声胜有声"，是一个"空"、一个"无"。

反过来，"不响"又是八面埋伏，预示着、期待着"响"。"空山不见人"，是空、是静，不见人是不对的，"不响"令人心慌。陈子昂登幽州台，"前不见古人，后不见来者。念天地之悠悠，独怆然而涕下"。这也是一大"不响"，空山不见人、原野不见人、高处不见人，"百年多病独登台"，百年孤独啊。然后呢，陈子昂下得台来，就是蓟门桥，就是北京的三环路，"人语"轰然响起来。这是密不透风的人间，是喧嚣的俗世，把眼泪擦干，投入火热的沸腾的生活，拿起话筒高歌一声："安妮——"

所以，《繁花》太响太聒噪。这也是没办法的事，唯一的办法就是关掉电视。晚清刘熙载的《艺概》里谈韩愈："说理论事，涉于迁就，就是本领不济。"他认为韩愈的好处就是不迁就。从金宇澄到王家卫，写小说，搞电视剧，不可能不迁就，不可能不考虑我们作为读者、作为观众的感受；但有些事不能迁就，就是要坚持，比如就是要拼命"响"，然后"惊起却回头，有恨无人省"，在人世人语的大响中听出了"不响"，于大热闹中间离出"拣尽寒枝不肯栖，寂寞沙洲冷"。

2023年，中国大众文化一个艺术的和审美的内在机枢，就在"响"和"不响"。年底，我们看了《繁花》，在大响中领会了"不响"。然后，让我们费力回忆一下，在年初，在电视剧《漫长的季节》中，范伟扮演的主人公叫什么名字呢？叫王响，王响在剧中最初是个话痨中年人，他儿子王阳，是个文学青年，王阳站在通往远方的铁轨上，向着他所爱的沈默念了一首诗——我现在忽然想起，沈默这个名字其实是"沉默"，是"不响"。这首诗是这样的：

> 打个响指吧，他说我们打个共鸣的响指，遥远的事物将被震碎。
> 面前的人们此时尚不知情，吹个口哨吧，我说你来吹个斜斜的口哨……

现在，我们看到，王响的儿子对着"不响"的女子，念出了一首诗，在"不响"中召唤着"响"。"空山不见人"，那就打个响指吧，"遥远的事物将被震碎"。这个人是要做漫威宇宙里的灭霸吗？但是，这期待着"共鸣"的响指并没有被感知被回应，空山还是空山，而你必须把山里的人们、"面前的人们"召唤出来，你吹一个斜斜的口哨，像一枚尖利的箭，划破寂静，划破空无，把"人语"的"响"标记在天上，把人召唤到眼前。

正好这两部剧都是关于二十世纪九十年代的中国往事。十多年前，在上海的一个会上，我曾经说过，九十年代是一个文化上无人认领的年代。现在，在2023年，艺术家们终于来分头认领，他们的路径和方向如此不同，但是，纯属偶然、不约而同，他们都徘徊于"响"和"不响"之间。

这件事还不算完。前几天我去看了一个导演朋友刚刚定剪的电影，坐在放映厅里，默默地流了几滴老泪。原来，这也是一部关于"响"和"不响"的作品，逝去的时间、流失的生命，生命中不可追回不可补救的不甘和悲慨，所有这一切，终究就是我们在生命之响中听出的那个坚硬的不响，或者是，我们在内心寂静的废墟中听出的万物轰鸣。

这部电影里，人物面对面的对话极少，能说出来的其实都是不得不说但也并不要紧的。看完了电影，我正好在那天晚上碰见了刘震云，忽想起他在多年前写过《一句顶一万句》，这个书名是什么意思呢？是说一万句的"响"都是枉然，都是废话，我们所期待的，不过是从沉默中、从"不响"中打捞出来的那一句。或者说，一万句的"响"、一万句的重也不过被一句话轻轻地顶住。但顶得住的那一句又是什么呢？在座的朋友们，你们是不是也觉得，生命的要紧时刻，那一句是很难找的。我们这一代人，小时候写作文，动不动就说，千言万语汇成一句话，那句话是个啥呢？现在我们长大了，把栏杆拍遍，把肠子都想瘦了，"汇"不出来啊。千言万语是四面八方千匹万匹的奔马，怎么可能"汇"成一匹马？《古诗十九首》的第一首，"行行重行行，与君生别离"，一首诗下来，心心念念、絮絮叨叨，似乎什么都说了，又似乎什么都没说，最后只好是"弃捐勿复道，努力加餐饭"。算了不说了，努力吃饭，保重身体！这算不算是千言万语汇成了一句话呢？可是这说出来的一句不就是一个深沉广大的"不响"吗？

好吧，我本来并没有打算在这里谈论电视剧、电影和小说，我只是说，如果读过《鹿柴》，我们就知道，"响"和"不响"并非新事，也不是上海话，至少一千二百多年前，山西口音的王维就已经在谛听天地和生命的"响"与"不响"。这是中国诗学和美学的一个基础构造。

王维执着于"空山"这个意象，除了《鹿柴》的"空山不见人"，还有《山居秋暝》的"空山新雨后"。我们每个人，当"空山"这个词在心里浮现，如一只鸟在天上飞过，它是哪来的呢？你仔细地、耐心地想，很可能它就来自王维。这个词是王维在陕西蓝田辋川山中打出的一个"共鸣的响指"。

空山不见人，这是一幅画，视觉的世界寂静无声，然后，声音加入进来，听觉被声音打开，"但闻人语响"。在山里，什么样的人语才会"响"呢？如果是在远处，山林里同行的两个人在交谈，对站在这里望空山的这个人来说，这是不会"响"的，他又不是顺风耳，他听不见。我不知道大家有没有在山里行走的经验，有时真是空山不见人啊，放眼望去，一个人也没有，你走着走着，忍不住打破这空无，就要对着天、对着山喊一声"啊——"，你喊出去，听到的是自己的回声。你知道那是你自己的声音，你自己的声音填不满这个空，渐渐地就消失了，像水化进了水里。但是也许就在远处，有一个人听到了，站住了，这真是"但闻人语响"了。如果是我，我就要忍不住回一声："啊——"这么啊过来啊过去，都啊成一个"阿来"了——顺便说一句，阿来写过一部小说，就叫《空山》，我一直认为那是阿来最好的小说，比《尘埃落定》更好。也有人嫌长嫌慢，看不下去，那是因为他的山是满的，他的心是满的，是实心儿的，一点空也没有。阿来写《空山》时，是否想起过王维？他当然想过，我甚至断定，在写整部《空山》时，他最内在的声音就是来自王维，他把《空山》写得无限空、无尽有。这也是王维在《鹿柴》里所做的事。

扯远了，回到"但闻人语响"。这个"人语"不是一般意义上人的话语，不是人在说话，是人的声音，是人最本真的声音：张开嘴，对着空山，喊一声"啊——"，我在这里，你在吗？你是谁？这个"你"就是自我之外的他者，在山里，在莽莽苍苍的大自然的旷野里，在无边无际的沉默中，你的本能就是用你的声音寻找和确认他者的声音。一个人在寻找另一个人，不管他是谁，只要他是个人，你就觉得山也不空了，世界也不空了。

这种原初的、本真的声音，有时就是一声"啊——"，到了《漫长的季节》里，那就是吹个口哨。我不会吹口哨，小时候走在夜晚的路上，远处忽然飞起一声尖利的口哨，真是又帅又流氓啊。一个大孩子走着走着，忽然寂寞了，忽然一个口哨，对你发出召唤：我在这儿，你在哪儿？

在这样的时刻，喊出一声"啊"的人，吹口哨的人，你就是在搭建一个舞台，一座空山或这个寂静的夜晚成了你的剧场。我坚信，人类的舞台和戏剧，它的原初的、根本的动机是声音。戏首先是听戏，你站在山野里一个临时搭起的野台子下面，你坐在国家大剧院的后排，或者你身处希腊一座古老圆形剧场的高处，你很可能无法看清舞台上的人长什么样。但是这有什么要紧，舞台上的声音，必定会清晰地抵达你的耳朵。在一些古老的戏剧形式中，舞台上的人常常会戴着面具，绘上脸谱，其中一层隐晦的意思是，你看不见我，"空山不见人"，然后，请听我的声音，让我的声音找到你，在你的耳膜、颅腔、心房中回荡；你在这声音中听到你自己的声音，既陌生又熟悉，你被叫醒、被召唤，你意识到你的有、你的在。你知道，真正的戏剧发生了。

这其实是一个奇迹。一个人与他者、与陌生人、与熟悉的陌生人的相遇，这其实是一个声音事件。"响"是声音，但"大音希声"，"不响"或无声或沉默也是声音。当人们以声音建立连接时，世界才得以展开，戏剧才真正开始，生活才真正开始。人类形而上的超验体验普遍来自声音，在华夏文明中，天意落为文字。但我坚信，在天意和天意的显现之间、在甲骨之形和甲骨之文之间，一定存有一个失落的声音环节——然后，我们才能理解礼乐之"乐"，才能理解某种声音何以从根本上照亮了我们。

在一千二百多年前的那座空山，声音照亮了王维，他听到了人语之"响"。但他是王维啊，一个绝顶闷骚的安静男子，他不可能扯开嗓子"啊"回去，他更不可能一个口哨打回去，他只是立在那里，静静地听，听着那声"啊"、那个口哨在空中消失，然后，"返景入深林，复照青苔上"。他看见夕阳照进了深林，他又看见这光照在青苔上。

让我们想一想那个情境，在汉语中有一个词叫"响亮"，这个词真是绝妙的一个好词，"响"是听觉，是看不见的，但"亮"是视觉，是看得见的，是眼前一亮。钱锺书谈"通感"，响亮就是耳朵和眼睛相通了，"空山不见人，但闻人语响"，人语响时，天地为之一亮，不是那种转瞬即逝的烟花般的亮，不是静态的亮，是微妙的、流动着的亮。王维在这里用的词是"返"、是"复"，天光本来已经暗淡下去，但随着"响"蓦然又亮起来，天光透过繁密的枝叶，探测着林有多深。王维的目光随着天光移动，从树梢到地上的青苔，他看着那被召唤回来的光照在了青苔上，就像暗香潜度，渐渐地洇染开来，青苔绿成了稀薄的阳光下微微动荡的海……

　　别忘了，王维是摩诘居士啊，这一刻，光的移动不是光动，是心动；不是光照亮了树林、照亮了青苔，而是他的心被那一"响"所照亮。考虑到王维的佛学背景，考虑到佛教在根本上是"如是我闻"的口传的声音宗教，《鹿柴》四句其实就是一条关于声音的偈子，由空到有，由外而内，世界在声音中无穷无尽地展开。

　　此身在处是空山。本来，今天的主题是《声音与文章之道》，但话从《鹿柴》说起，说着说着迷路了，找不到"文章之道"了。我的本意，是说在我们这个独特的古老文明中，声音是一条依稀隐微的线索，声音不是主流，文章之道是消音的是无声的，古人所写的，其实是无声的文章。而现代性，在中国，它的一个重要面向是对声音的召唤和声音的觉醒，白话文运动的初衷就是让文章有声。但是，真的有声了吗？声音的现代性走过了曲折的路，现在，至少在所谓纯文学的文章写作中已经是山重水复疑无路了。但是，急什么呢？打开手机刷抖音吧，"抖音"这个名字起得真好，这也是通感，是"红杏枝头春意闹"，是"寺多红叶烧人眼"。这个名字无意中透露了终极秘密，这不是视觉的统治，这是声音的胜利，是声音的抖动、痉挛、"科目三"，是声音的盛大狂欢，是人需要一万句两万句三万句……以至无穷句的说和听，是巨大的"响"覆盖和搜寻"不响"。

　　千万不要误解我的意思，我每天都在刷抖音，我热爱这个"响"的世界。我的意思是，从根本上说，这个世界正在与王维的《鹿柴》相互映照。就在今天早上，我们大家在朋友圈里都听到了一声响指，似乎遥远的和面前的事物都将被震碎，OpenAI发布了首个视频生成模型。什么意思呢？好像是，搞电影的、拍视频的很快要无事可做了，我们可以输入《三体》，然后直接生成影像。但是，小说家们也不必庆幸，他们会是即将到来的未来世界的幸存者吗？超级AI真的不能生成尽如人意的小说吗？

　　——我不知道。但我好像已经看见了比"空山"还空的山。万物繁盛，但人还剩下什么呢？你还剩下什么呢？AI已经能够生成你的声音，这个声音是你吗？如果不是你，"他"又是谁呢？如果是你，你还在吗？远处传来你的声音，你是回应他还是回应你自己？还是最终，他就是你，你站在这里，听着远处的你发出一声"啊"？这"响"是不是最终会取消"不响"，把人与他者之间、人与世界之间的那个静默的、充满无限可能性的间隙封死为一块浑然天成的巨石？

"空山不见人，但闻人语响。"王维淡漠、超然地说出了一切。"返景入深林，复照青苔上。"他也许是珍惜伤感地看着自己的心在移动，在那片光影波动的青苔上，他不仅看见了不久后的安史之乱，他还漠然地浏览着今天早上的朋友圈。

　　仅仅因为这首《鹿柴》，我认定王维是伟大的诗人和觉者。他洞彻过去、现在和未来，他甚至暗自指引着一部英剧的创作。这个春节，除了刷抖音，我还看了《年轻的教宗》，那位希伯来—罗马传统下的教宗，那个来自另一个伟大的声音传统的年轻人，他竟对声音怀有深刻的不信任。但终有一日，他不得不发出声音，他必须演讲，那一天，当众人聚集在一起的时候，人们愕然看见，他的座位是空的，他在远处，在众人视线之外，在干枯的树下，发出他的声音。

　　——他在空山中演讲，我听见他在阳光下发出安静的声音，他的声音回应着他很可能从来不曾听说的一位中国诗人的声音：

　　　　空山不见人，但闻人语响。
　　　　返景入深林，复照青苔上。

　　（选自李敬泽著《空山横：讲演集，关于文学关于人》，译林出版社 2024 年 7 月）

我的笔友丑钢

/ 李皖

20 世纪 90 年代中后期，我有一些书信往来却从未谋面的朋友。正值乐评初起的盛时，各路人从全国各地，通过各种途径，给我写信。我虽长年身居武汉，却出生和成长于徐州——一个仿佛半个身子仍陷于战国侠士之风的所在，打小心里灌满了对信义的尊崇："重然诺""来而不往非礼也"……所以，尽管报社工作烦冗，仍是每信必复。

有的通信，刚刚开始就中断了。兴许是所留地址不正确，也不排除回信未送达的可能，总之我的复信如泥牛入海，再无消息。比如，有一封来自清华某音乐协会会长的信；还有一封北大的，来信者应该是学哲学出身，所谈对崔健的分析，深刻而离奇，至今仍为我所仅见。江西摇滚乐手吴让是另一个例子。我们的交往，本来也就如以上般戛然而止，一生不再相识。但过了多年后他复来一信，我再次回信，方知当年给他满满几页纸的回复，他竟从未收到，致使我对他所寄小样的反馈，多年后才被其知晓。此时白云苍狗，世间早已经历无数事，否则以他当年可能的反应，或许他的人生道路会出现别的可能。但人生没有或许，现在，他是当地的一名基督教牧师。

最多的一类通信，一般只有两三个来回。大概最终怕打扰到我，客客气气，然后就没有了然后。

还有一种比较罕见的情况，鸿雁传书一封接着一封，通信时间长达数月或数年。以致那一段时间，对方近乎成了我极亲近的朋友，丑钢就是这其中之一。

丑钢是通过宜昌姑娘童杨芳知道我地址的。在他那一边，童杨芳叫夏天。他觉得夏天跟我熟，都住湖北，离得很近。其实，童杨芳与我也就是通过几回信，从没有见过面。

那是一个音乐在人心里还很神圣的年代，歌也不像现在这么多。我们拥有的，所指望拥有的，都还是那么少。在音乐资源极其稀缺的20世纪90年代，书信大概就像是一个窗口。我想，在丑钢那里，我的每次来信，都把那窗口又开大了一点吧。从中涌来更多足可珍贵的东西，有时是音乐资讯，有时是乐评见解，有时也包括珍贵的音乐本身——后来，我从他的回忆文章中记起来，确实，我也给他寄过磁带，比如"麦田音乐"录制的，当时还完全没办法从市面上获得的尹吾和朴树的单曲宣传带。

丑钢的姓特别。他在我认识的人里，迄今仍是唯一一个以"丑"字为姓的人。当时他身居东北，在吉林省一个叫东丰县的地方。我头一回知道这个地名，它在我头脑里的中国地图上，方位不明——至今也还是这样，虽然当年我一再地回信到这个地址。

丑钢当时已开始创作，他和童杨芳就是通过创作认识的；也是通过创作，童杨芳把他介绍给我。因为《北京青年报》中一则《征集词人》的小广告，丑钢认识了愿意为他写歌词的几个同道，童杨芳就是其中之一。

丑钢的来信，具体内容我已记不得了。大体上，总是在谈音乐：谈他的感受，谈他的发现，谈他的喜好，谈他的喜悦。他也寄来了他作词作曲的歌谱，请我提意见。和多数创作者一样，丑钢的作品，多是些以吉他为辅助工具，一开始大概是哼唱出来的，稍后则是从吉他套子化出来的旋律，听上去很平常。节奏方面几乎毫无意识，总是与说话的节拍一致，从不加以创造，未曾意识到这方面也需要做艺术上的设计。歌词则是生活感悟，虽说来自自己的经历，却也不是很独特，少有个人化的人生印记，几乎没有足以蚀刻入人头脑中的自传性。以我心比天高、直来直去的德性，我对他的作品从不给予肯定，只不切实际地指给他看那些远在天边、高不可攀的目标：伦纳德·科恩、"红房子画家"、"死亡会跳舞"……以致二十年后，丑钢对此仍耿耿于怀，不明白何以我对他如此不看好，始终悭吝于哪怕一句赞美。

丑钢不知道，我对有志于走上职业音乐道路的人，向来小心，基本上都是劝退。后来更是无一例外，到我这儿来"讨教"的准歌手、准乐手、准作曲家，我的"金玉良言"从来都是——做业余，万万别奔着职业去。音乐在我看来，是天才的事业；并且这天才能否成功，也还要靠着天数，要有那人力决不可为的运气砸头。把音乐当事业、以职业为目标追求，那人生该有多惨！大概率不成功，成功的概率基本上相当于抽中百万元的彩票。

在我看来，丑钢显然只是个中才。若论起天赋，他的天赋不足以吃音乐这碗饭。但后来发生的事，轮到我不明白。这个资质平平的人，大体上仍算是走上了职业的这条路：专职做音乐；以音乐供养自己和家人；从音乐上获得满足——那个人的成就感，以及最珍贵的人生的感悟和喜悦。

此时，我才认真注意起以前我从未认真注意的。

丑钢高中时候即开始写歌。他写于 1992 年的早期作品《旅人》，讲述他目睹途经东丰小城的流浪人的感受，充满了好奇，内心也神往着要像流浪人那样去流浪。他的家境似乎不好，高中时就曾去建筑工地打工，少年时就学会了品味孤独，面对群体极难融入。据他自己说，那时他就有厌世思想，是街舞与音乐救了他，齐秦是他的救命恩人。

1995 年，丑钢的父亲去世了。生活重担开始压在这个高中辍学才上班不久的男儿身上。更糟的是，母亲在这一年患上了红斑狼疮。从此，支撑一个家、四处为母亲求医问药，双重负荷压在他的肩上。丑钢最早的一份工作是储蓄员，前后干了六年。1998 年单位倒闭，丑钢下岗失业。一年后离家到省城长春，干保安。又一年后应聘成功，做了两年酒吧歌手。然后辞职，离开东北赴京，做了一年北漂。2005 年南游深圳，开始为期两年的职场广告生活。又辞职，花一年时间专心录制专辑小样。然后闯丽江，并定居丽江。这是 2009 年之前的事。

这些事，我是最近才知道的。听他发过来的歌曲，读他附录给我的文字，整理头绪，推断，才一点点拼凑出丑钢人生经历的五十年。我和他通信了两年多，他在信里没怎么提及他的生活，尤其是生活里的困苦，否则我断然不会在某次接受他寄给我的人参和鹿茸。出于对医学和健康的个人理解，我从不吃补品，远离各类营养药，接受丑钢的礼物，纯粹出于尊重。其实它们到了我这里只是做摆件，转化为抽象意义和心底的友情。大约 1997 年之后，因为母亲的疾病状况，丑钢不敢懈怠，时刻绷紧了神经，以应对她可能出现的各种状况。生活压力之大，致使写信成了奢侈，我们之间从此便断了联系。

在漂泊和动荡中，丑钢却从未放弃音乐。他在酒吧驻唱过，做过一张专辑小样，签过两次唱片约，写出了一百多首歌曲。他曾经最大的梦想，是签约唱片公司，出版个人专辑，让他那些作品以专业的面貌呈现，并以此赚钱为母亲治病。但是出唱片难于上青天。为了出专辑，甚至仅为了在原创合辑中露露脸，收录自己的一两首单曲，丑钢每每走到了山穷水尽的地步——倾家荡产，心力耗尽。最近的一次是 2012 年，给他签约出唱片的投资方，制作费一直没到位，为此丑钢苦等了三年多。最后他决定自己出钱，独资制作，为此把家乡的老房也给卖了，但依然无果。

如同我对他的不看好和不肯定，他的母亲、妻子，先后成为他大梦将启、大业将成的破坏因素。第一次得到机会出专辑，母亲极力阻挠，致使他与汪峰的合作告吹，制作出版他个人"首专"的计划流产。第二次签约出专辑，老家的房子卖掉了，与赵照、陆元峰等音乐人一起合作，他的专辑开始启动。"作为小家庭中唯一负责赚钱的人，我后来提出的各种计划，基本都被她（妻子）以各种理由否定而无法实施，财务从此基本告别进项，单向输出成为常态。专辑因此拖黄，诚信由此崩塌，感情日渐寡淡，心气几近绝望，无奈最后只能提出离婚，依旧没能如愿。"

我注意到，丑钢为人非常谦逊。他与人交往时的姿态之低，简直可称为谦卑。我对他的不肯定，他一向都正向接受，从无一句怨尤，只恨自己不能飞速进步。他总是在学习，在奋力吸收。其实就作曲、编曲、演奏、演唱而言，他教授我绰绰有余，却从来把我当"老师"供着。他总是心存善意，对许多人都如此。给过他帮助的每一个人，哪怕只是很小的忙，他都会记住，提起来话语间满是感激。

我注意到，在对音乐的领悟和技术的提高上，丑钢进境缓慢。1996年，他意会到旋律背后有和声，和声对作曲有建构作用。1997年，他花"天价"购买了心念已久的雅马哈电子琴，利用这"编曲神器"，进行简单的编曲和歌曲小样的制作。直到2021年，他才觉悟过来，将随声卡附赠的初级编曲软件做了安装，至此编曲算真正踏入了门槛。这一年，已经是他走上歌曲创作之路的第三十年。

丑钢的作品，有创意，有感受，有领悟，但总是会停驻在普通的层面上，不再向前。就算是他较为感人的作品，也少有天纵的灵感，缺乏神来之笔，总是像戴着一副镣铐。尤其到关键处，往往找不到适切的音乐解决方案。比如写给去世父亲的《老爸》，在副歌的顶部、快要突破人心溃点的地方，乐句字腔竟拧巴起来。再比如《春风》，终于像是要飞起来，词句和旋律飘向了"天边彩虹的尽头"，作词竟于此时走偏，作曲竟开始凑句，终于没能顶上去。

我注意到，尽管进境缓慢，丑钢的自我感觉却极好，常常是喜悦的。他踏踏实实、兢兢业业、日拱一卒，每日都在应用他进境的成果。他对自己的工作是满意的，非常自信；也有来自朋友和网上网友的正面反馈，他们时时在肯定他的作品。

我注意到，在社交媒体从天而降之前，丑钢通过报纸的"征友栏目"，获得了仿佛远房亲戚的一帮朋友。这个社交网，成为他创作的坚固同盟和音乐冒险事业的扎实基地。这些朋友也都跟他一样，有才华，但才华未必高；有梦想，并且有坚持；富于热情，非常富于热情，非常长情。他们有的做着文学梦，有的做着导演梦，有的做着浪迹天涯的梦，都成了丑钢的长期搭档、近乎一生的挚友。最后，也都和丑钢一样，他们自己的梦，也都算是艰难地、曲折迂回地做成了！在长达三十年的时光里，他们彼此取暖、相互激励，成了对方的一盆炭火。在一篇文章中，丑钢深情地回忆了他在北京的朋友陈薇。2004年，在他身上统共只有一百块钱时，是陈薇慷慨解囊，借了他四千元"巨款"，使他得以渡过难关，留京继续发展。陈薇的钱，他早已还上。这段故事让我想起童杨芳，早年也有向我借钱并还钱的经历。与北京摇滚圈那个高大舞台不同——左小祖咒曾写过《钱歌》，描述那个借钱有去、还钱无回的乌托邦，"不借钱给朋友就会失去朋友失去钱／借钱给朋友又会失去钱失去朋友"——在丑钢们这里，却有一个多数人看不到的舞台。这个舞台是另一类人的，他们也有逐梦的疯狂，却始终秉守着正常的伦理秩序，踏实地站稳在这以友情、信义为底色的大地。

我注意到，被我视为普通的丑钢歌曲，也正因为普通，而有着普通的意义。他挑选给我听的十三首歌曲，一首写父亲，一首写母亲，一首写妻子，一首写老同学，一首写自己深爱但得不到的爱恋对象，一首写想象中的美丽的姑娘，四首写自己的生活，三首写自己热爱和向往的地方。看，全是普通人，全是普通人感触的内容。而换上了普通人的视角，我就发现，歌曲虽停留在普通的层面上，却正好符合普通人的认知、情感和审美。浅是浅，却也是一种真实和贴切。

这其中写得比较有水平的，是《醉丽江》《春风》和《老爸》。《醉丽江》融入了云南民歌元素，地方音乐元素运用得自然，有一气呵成之感，很恰当地用音乐创造出那种天远地阔、风光秀丽、心旷神怡的感觉。这是丑钢唯一的在技术上没有败笔的作品，除了立意不够新颖、词曲走向缺少意外之外，没有别的缺点。《春风》算得上是丑钢最富有灵感的作品，以他总是被束缚在"普通"上的朴实，这首歌的思路可谓是平凡中的奇迹。这是丑钢在歌词写作上的完美之作。如果你熟识了这个人，联想到他的人品、内心，那么，看到这样的歌词就会愈加感动，体会到其完美：

就像母亲的手
温暖慈爱的抚摸
鱼儿于是醒了
江河复活奔向远方
就像你的眼眸
温柔宁静的漩涡
候鸟飞回来了

大地醒了披上绿色

牧歌响起

牛羊悠然地漫步原野

花儿开了

最美的是你的

天边彩虹的尽头

是我们的家

炊烟升起

流浪的人回家了

音乐上，《春风》有一种源自吟唱的优美，旋律打得足够开，与我钟爱的吟唱大师马常胜有着异曲同工之妙。《老爸》贵在真情，虽然有败笔，但真实感人。他未发送给我的那首由庞龙演唱的《老了》，虽然也有败笔但真实感人，淋漓地唱出了生命中的悲切和心底的巨浪。这是丑钢式的典型之作：曲调发源于口白腔调，歌词虽结构散乱，但胜在感情炽烈、内心火热。生活的苦涩，现实的打击，一层压着一层，就像是翻滚的熔岩直冲入大海，沸腾起一片咸咸的、汪洋的泪水。

总之，从表象看，基本上丑钢的歌曲都普通，像是司空见惯、缺乏特征、不能给人印象的流行物，聆听和阅读时，意识很难被触动而醒来。但是，如果你足够了解他，联系到他的人生经历和生活处境，有些看似缺乏特征的东西，实质上却具有自传性的、准确而生动的深刻。比如《二人转》(彭士刚、丑钢词)一开头："大地是我一辈子的舞台 / 舞台是我今生永远的无奈 / 嬉笑怒骂半生已是沧海 / 世态炎凉看过痴心不改。"而紧接着的这一段，"都说人生不过幻梦一场 / 为何我却总是活不明白 / 如此爱你还是让你离开 / 得到爱却还要再失去爱"，是丑钢恐怕自己看着都惊心、唱出来会流泪的那种真实——描述的正是他为爱不得不放手的故事。再比如《新生活》，开头即写牵手，粗看你以为是牵着爱人的手呢，待仔细体会了，就了悟到这是丑钢在牵他母亲的手，从而在这样的歌词面前，或会感到心灵在颤抖：

感谢你让我来到这世界

体验磨难艰辛收获更多

感谢你教我深爱这世界

感受友善美好深情去活

生命如此神奇期待着更多

还有许多精彩前面等着

我要给你幸福因为你值得

一起迎接明天新的生活

这首歌写于他母亲在世的最后一年。它的动机和半成品，在丑钢的脑子里来来回回了差不多三十载，始终完不成。直到 2022 年某一天，丑钢牵着母亲的手一起散步时，忽然从牵手这个动作找到了灵感和切入口。

据丑钢讲述，儿时母亲牵他手走路的记忆，异常深刻。长大后，每当与母亲同行，他都会牵起她的手，回味儿时的幸福。"这双曾牵着我长大，如今已然遍布老年斑、苍老而粗糙的手，真不知还能牵上几次？还能同行多久？"据说，歌曲小样完成后，他给母亲听了，她非常喜欢。丑钢也因此深感快慰。

丑钢长年漂泊在外。2019 年底，他回到了家乡东丰，目的只有一个，陪伴照顾好年过八十的母亲。回家即失业，丑钢因此断了经济来源，直至 2022 年底母亲往生。当年一度悲观厌世的小伙子，如今已到知天命之年，你看，他对人生这新的领悟是多么友善。整个世界都充满了憧憬，美好而光明，哪怕是在人生接近落幕的终点。这可真是生命的奇迹！

我注意到，尽管丑钢将大多数作品的标准定得太低，但他与音乐的联系，是一种与生命相接的联系，这一点比我的情形要强烈。虽然，我一再标榜和强调音乐的生命感，也一直酷爱着音乐，但音乐于我，并无生死难分的关系。而音乐之于丑钢，毫无疑问，有着关乎生死的重要性。年少时如此，年老时依然如此。

在丑钢写给我的资料中，谈及《老爸》这首歌时，他写到了"与父亲不算愉快的过往"，说起了近乎惨痛的父子之情和他这半辈子的失败。是的，他觉得在世人眼中，自己是失败的，因此他痛苦纠结，难以从中解脱。他是这么说的：

如果做一个听话乖巧的好儿子，那我的未来将注定是平庸无趣的。但也绝对不会成为一个油盐不进的逆子，因此只能无奈放弃诸多苦心争取的"良机"，以维持亲情不至于彻底破裂，妥协之余再争取其他可能。其后的岁月，类似经历与冲突依旧持续上演着，母亲如此，妻子如此。最终，我依然无法突破"维持亲情"这一底线，沦为一个世人眼中的"失败者"。

为此种种惨痛经历，我曾多次濒临崩溃，深陷绝望。最终得以解脱，归根结底，还是源于对爱的解读；而生活总要继续，并依然要尽可能努力让家人过得更好。

我注意到，可能丑钢自己也注意到了——其实，他的音乐生涯非常精彩，以他手上所握的这一把烂牌而言，这半生可谓精彩绝伦：

——他以亲身的参与，经历了中国流行音乐发轫、发展、高潮、低潮的每段历史。

——他以 2008 年创作、2019 年上线的《简单日子》，窥见了抖音成为另一个音乐发布渠道的部分秘密。这是他最赚钱的一首歌：音乐播放量五亿，歌曲用量六十九万，从抖音获得将近一万元版税收入。在歌曲用量就要突破七十万时，一切戛然而止，现在歌曲已下架。抖音热门歌曲的流行生命短暂，满打满算也就几个月窗口期。

——2005 年，丑钢第一张签约唱片失败的残存物《老爸》，"废物利用"投给了深圳电台"飞扬 971"，结果荣获两项原创音乐奖。在一次电台节目中，丑钢与主持人谈及他为母亲寻医问药的经历，听众海燕通过电台与他取得联系，赠送来大量药品。母亲吃了两年，折磨她十二年的红斑狼疮，竟由此痊愈了。

——最后，至关重要的，丑钢过上了创作歌曲、演唱歌曲、以歌曲为生的生活。2009 年，录制完专辑小样，身上只剩下两百元钱。但靠着这专辑小样压制成的光碟，边卖唱边卖碟，丑钢竟成功地移居、定居于丽江。其后，他与香格里拉姑娘相恋并成婚；先后创办四个小酒吧，可能未来还有第五个。在多年不断外求之后，在一次次爬起来、屡败屡战、继续奋争之中，终于在三十年后，丑钢走上了独立编曲、录音和制作的道路，独立制作现在让他重燃信心，看到了新的曙光。

我注意到，当然我当年就已经意识到，丑钢对音乐有一种爱，极其赤诚的爱。尽管这音乐道路坎坷，在前行、折腾与奋进中，眼见着年华逝去，忽忽间老之将至，但他痴心依旧不改。我现在明白，这样的爱，与生命连在一起，是不应该也不可能拿掉的。是的，他不可能成为我认同的那种音乐家，用一生才华走通光辉的音乐路途，但音乐事业不是只有那么一种。一个深爱音乐的人，完全可以成就他自己定义的音乐的一生，没什么不可能，这样的选择也没什么可怕。梦想能照进现实，阳光能照进生活。就是普通的阳光，而它所普照的，就是普通的人生、平平凡凡的日常。丑钢歌曲的美，哪怕在它最闪亮时，都还是普通的美，来自普通人，照亮普通人，与卓越音乐家，与精英艺术，没什么关系。而这正是它别具价值的地方，这种普通却不那么普通，自有它在艺术上必然的一席之地。其实是我自己，以天才论一叶障目，一直被无意识地蒙蔽在人生选择必须安全、决不要冒险的阴影之中，始终也没有走出来。

　　算一算，丑钢的歌曲写作至今已有三十二年，而我跟他书信来往的相识，也快有三十年了。迄今，大多数听众、乐评人、音乐厂牌都不知道歌坛有这一号人物。而我，迄今也没有见过丑钢。

　　（选自《天涯》2024年第一期）

现代诗晦涩成因的隐喻认知阐释

/ 李心释

一、隐喻阐释的认知转向

西方传统修辞学对隐喻的解释源自亚里士多德的思想，认为隐喻建立在两个事物之间的相似基础上，由此形成了两种不同的思想，一是替换理论，二是比较理论。前者从形式角度，将隐喻描述为词语之间的替换；后者从语义出发，隐喻之成立条件在于通过隐喻中双项的比较，能够发现相似性。替换理论在西方思想史上招致不少反对声音，反对者认为隐喻是语言滥用的表现，是欺骗，如霍布斯所说，"在隐喻的意义下运用语词——也就是不按规定的意义运用，因而欺骗了别人"[1]；洛克认为，使用隐喻和形象言说等修辞，不是为了真实的信息和知识，而是为了愉快和装饰，用修辞术来言说，就是欺骗和被欺骗[2]。但总的来说，人们对隐喻的认识越来越正面，甚至在德国浪漫主义哲学时代，隐喻的地位迅速上升，成为艺术表达的基本言说方式。弗·施勒格尔说："一切美都是隐喻，那最高者正因为是不可言传的，所以只能隐喻地说出来。"[3]尼采、海德格尔在隐喻观上坚定地继承了浪漫派的思想，认为隐喻可用来说明语言的起源与本质，并为认知语言学奠定了哲学基础。

分析哲学转向日常语言，也有助于将隐喻置于人类理解活动的中心地位。西方思想界再没有人轻视或反对隐喻了，隐喻被确认为语言中的常规，是人类认知

---

[1] 霍布斯.利维坦[M].黎思复，黎延弼，译.北京：商务印书馆，1997.

[2] 洛克.人类理解论：下册[M].关文运，译.北京：商务印书馆，2012.

[3] 施勒格尔.浪漫派风格：施勒格尔批评文集[M].李伯杰，译.北京：华夏出版社，2005.

的特征之一。隐喻作为一种语言现象，隐喻中的替换只是词语，而不可能是事物，传统隐喻研究的取向是事物研究[1]；隐喻具有意义创造功能，一个隐喻式陈述的句子是不可以被简化为字面解释的，否则一定会丢失其认知性内容。如此一来，隐喻就不仅是个修辞问题，而且是个语义问题。隐喻更多的是在创造相似性，而不是表达此前已经存在的相似性，隐喻是我们重构理解事物的方式[2]。

　　隐喻在语言研究中得到最大程度重视的时代是在20世纪下半叶，认知语言学比哲学语义学更进一步，将隐喻视为语言语法的中心。1980年，莱考夫和约翰逊合著的《我们赖以生存的隐喻》一书提出了概念隐喻、隐喻性图绘理论，认为人们的日常行为、经验、关于世界的概念化理解都是隐喻性的，语言系统中的多数基本概念如时间、空间、数量、变化、模态等，都是通过概念隐喻被理解的，那么隐喻居于语法的中心就不难理解了。概念隐喻指的是"用一个概念领域的推论模式到另一个概念领域进行推理"，这种跨领域推论会使得一个新的领域得到概念化，这一过程就是隐喻性图绘（metaphorical mapping）[3]。比如"爱是一次旅行"这个隐喻，是以旅行的方式来看待爱情，旅行提供了人们言说爱情的基本模型和框架，在这一隐喻概念的框架下人们理解了爱这种行为。莱考夫发现，英语诗歌中关于死亡的隐喻非常有限，比如驭手、车夫、收割者、毁灭者、战斗或游戏中的对手等，因为其中有一个基本隐喻起着结构化的作用，即将死亡隐喻为一个对抗性的事件，需要行动者参与进来。由于哲学和认知语言学的隐喻研究兴起，中国学界也基本接受这种泛隐喻观，并以中国传统特有的世界观对其做出诠释："在隐喻中，两种存在——人与自然——是一个原始的统一体，人是以体验的方式与此世界合一。这是生命和宇宙、有限与无限、生与死的合一。"[4]

　　说诗是一种隐喻性的文体并不为过，维柯所谓的语言诞生之初的"诗性智慧"，其表征即由诗的逻辑派生而来的隐喻，"赋予感觉和情欲于无感觉的事物"[5]。但是隐喻研究，即便在认知语言学发展初期，基本上都是就隐喻而孤立地研究隐

245 ·

[1]　Beardsley M. The Metaphorical Twist［M］//Mark Johnson. Philosophical Perspective on Metaphor.Minneapolis，MN：UniversityofMinnesotaPress，1981.

[2]　Johnson M. Introduction［M］//Mark Johnson. Philosophical Perspective on Metaphor. Minneapolis，MN：University of Minnesota Press，1981.

[3]　Lakoff G，Johnson M. Metaphors We Live By［M］.Chicago：University of Chicago Press，2003.

[4]　耿占春.隐喻［M］.上海：东方出版社，1995.

[5]　维柯.新科学：上［M］.朱光潜，译.北京：商务印书馆，1997.

喻，盲目地将隐喻抬高至语言的源发地现象。从中国古典诗的角度看，诗中的其他修辞方式远胜于隐喻，只有中唐的怪奇诗派和宋代的江西诗派有很多以隐喻胜出的诗作。古典诗与现代诗的这一差异须得到直面。美国修辞学家伯克（Kenneth Burke）的辞格系统研究视角，有助于我们对诗歌语言全貌进行认识。作为修辞学范畴的隐喻，在四大格（Four Master Tropes）的隐喻、提喻、转喻、反讽（讽喻）的文化演进中，才能得到合适的考察，四大格之间有一个否定的递进关系，隐喻是透视，转喻是推理，提喻是再现，反讽是辩证；也可把反讽视为其他"三喻"的镜像反射，即负的隐喻、转喻与提喻。提喻是部分融入整体，反讽则是部分互相排除；转喻是邻接而合作，反讽是合作而分歧；隐喻以合为目的，而反讽以分为目的 [1]。海登·怀特的观点可能更能显示四大格之间的逻辑关系 [2]，他把隐喻与转喻看作初始的一对对立，一个是表现式的，一个是还原式的，而后是两者的综合，即提喻；再就是三者的否定式，即反讽。18 世纪初的意大利思想家维柯，把过去的世界历史分成神的时代、英雄时代、人的时代这三个阶段；神的时代与提喻的语言相应，如象形符号或神圣的秘密的语言；英雄时代与隐喻的语言相应，如隐喻、象征、类比、意象等；人的时代与转喻的语言相应，如书信用的俗语 [3]。那么，今天的世界历史刚好与反讽的语言相应，表现出否定与颓废的面貌。由此可见，此四大格演化既符合语言的正、负、合、反之意义基本结构，又是人类文化表意的表征模式。在一些西方思想家那里，这四体辞格被提升为人类掌握世界的唯一体系，成为一切概念的基本框架 [4]。海登·怀特的理由是，一个历史叙述不仅是所报道事件的再生成，也是符号的综合（complex of symbols），历史演化与符号形式发展之间存在必然关联 [5]。

　　哲学的隐喻研究把提喻、转喻、反讽视为隐喻的不同类型，因为它们都具有双重意义即字面意义与比喻意义，即塞尔所描述的"S 是 P"，但意味的却是"S

[1]　赵毅衡. 反讽：表意形式的演化与新生 [J]. 文艺研究，2011（1）.

[2]　海登·怀特. 元史学：十九世纪欧洲的历史想象 [M]. 陈新，译. 南京：译林出版社，2004.

[3]　维柯. 新科学：上 [M]. 朱光潜，译. 北京：商务印书馆，1997.

[4]　Culler J. The Pursuit of Signs [M]. Ithaca：Cornell University Press，1981.

[5]　海登·怀特. 后现代历史叙述 [M]. 陈永国，张万娟，译. 北京：中国社会科学出版社，2003.

是 R"，只是将两者联系起来的条件或方式不同 [1]。从语言的运作机制与普遍认知角度看，隐喻与转喻的关系才是最基本的，隐喻与聚合、相似、替代属于同一类，转喻则与组合、邻近、连接属于同一类。在语言哲学中，隐喻与转喻所在的命题，可分别与真、假值相联系，只有在一个句子呈现为显性的假的情况下，人们才把它作为隐喻来接受，否则就是一个转喻句子 [2]。

隐喻是理解诗歌本质的一把钥匙，也是一条捷径。上述隐喻研究，自然为诗学提供了重要的学术资源。认知修辞视域的隐喻研究给诗歌语言研究带来很大启发，现代诗的晦涩问题讨论可以暂且搁置作者、作品与读者以及历史语境等外部因素，仅仅从隐喻与转喻构成的语言内部体系与艺术表现手法给出现代诗晦涩成因的有效阐释。

二、现代诗的晦涩成因

在中国现代诗歌史上，晦涩问题在 20 世纪 20 年代象征派诗歌诞生之后，第一次进入批评界视野；第二次则出现在 20 世纪 80 年代的朦胧诗时期。这两个时期的诗歌语言有一共同表现，即隐喻性写作几乎是每首诗歌最突出的特征。关于诗歌的晦涩，人们往往只是对一种阅读感受性印象的随意描述，并非专门术语，与朦胧、含混、含蓄、隐晦、难懂、深奥等词语意思相近，批评家们也常混用。这些词语本带有贬义的评价含义。但是朦胧诗得到肯定后，朦胧也就不是一种毛病了。"朦胧诗"之名就意味着诗的晦涩。朦胧诗的出现使 20 世纪的现代派诗歌传统得以延续，而中国现代派诗歌尤其是象征主义诗歌，是在 20 世纪二三十年代反对新诗直白浅显无味的诗风中诞生的。那时的晦涩一开始是得到了正面评价的，如周作人在刘半农《扬鞭集》序里写道："没有一点朦胧，因此也似乎缺少一种余香与回味。" [3] 极力提倡晦涩的现代诗人要数穆木天和王独清：穆木天有一极端之语是"诗越不明白越好"；王独清也有类似的说法，"不但诗是最忌说明的，

[1]　Searle J. Metaphor［M］//Mark Johnson. Philosophical Perspective on Metaphor. Minneapolis，MN：University of Minnesota Press，1981.

[2]　Davidson D. What Metaphor Mean［M］//Mark Johnson. Philosophical Perspective on Metaphor. Minneapolis，MN：University of Minnesota Press，1981.

[3]　周作人.《扬鞭集》序［M］// 陈绍伟，编. 中国新诗集序跋选：1918-1949. 长沙：湖南文艺出版社，1986.

诗人也是最忌求人了解的"[1]。然而李金发的诗很快就招致批评，被斥为"晦涩"，批评界普遍认为是诗人的表现力才导致诗歌语言的晦涩。那么，究竟如何评价诗歌的晦涩是否是合适的？从 20 世纪中国诗歌两个阶段对晦涩的正负评价变化来看，应该区分诗歌本性的晦涩和具体诗歌中的晦涩表现。马拉美曾说："晦涩或者由于读者方面的力所不及，或者由于诗人的力不所及，事实上两方面都是危险的。"[2]对诗人与读者各打一棒，但他又说诗就是个谜，言下之意是诗歌本性就是晦涩的。穆木天和王独清显然也承继了这一观点。

隐喻是语言的固有本性，那么作为语言文本的诗歌的本性之晦涩与隐喻就脱不了干系。隐喻一般都是晦涩的，但晦涩的程度在历史上表现不同。古代与现代关于隐喻见解之所以不同，也是因为隐喻这一语言现象在实际文本中的表现发生了变化。古典诗与现代诗在隐喻上可看出它们的分野，前者的隐喻大都建立在已经存在的相似性基础之上，后者则是从差异性中创造相似性。就隐喻的晦涩表现程度来看，古典诗歌的隐喻并不显得有多晦涩，而现代诗歌的隐喻大都是晦涩的。因为古典诗的修辞大都是修饰性的，隐喻并不跨越不同范畴，未带来认知上的更新，并且因袭性较强，属于诗人共同的外部经验的文化符号，如李白的诗句"君不见，高堂明镜悲白发，朝如青丝暮成雪"。而现代诗与此大异，隐喻与外部经验几乎无关，如多多《依旧是》里的诗句，"你父亲用你母亲的死做他的天空 / 用他的死做你母亲的墓碑"，这样的隐喻跨越的范畴极大，仅仅发生在认知心理情境中，并且现代诗中还有大量悖论性的隐喻表达，更是难以理解了。

刘大为整合中国传统修辞格，提出"认知性辞格"概念，对现代诗的隐喻特征有较强的解释力。他认为认知性辞格包括比喻、比拟、借代、移就、拈连、夸张、象征、通感等，但不是所有的比喻都是认知性的，形象性比喻、说明性比喻和命名性比喻就不是，"有没有接纳一个不可能特征是我们判断一个语言表达式是不是认知性辞格的唯一依据""认知性辞格的差别只在有没有语义距离上"[3]。不可能特征是指一个词语原先不可能有的特征，接纳的意思是原先的不可能特征成了可能特征，其公式为 Wa+Ta（其中 Wa 是本体词，Ta 是 Wa 性质上的不可能特征）。例如江河《向日葵之一》里的诗句"潺潺的头发流遍全身"，"潺潺"和"头

[1] 穆木天.再谭诗：寄给木天、伯奇 [J].创造月刊，1926（1）.

[2] 马拉美.关于文学的发展 [M] // 王道乾，译.西方古今文论选.上海：复旦大学出版社，1984.

[3] 刘大为.比喻、近喻与自喻：认知性辞格研究 [M].上海：上海教育出版社，2001.

发"本来都是"头发"不可能具有的特征，现在的组合关系使它们成为事实上的可能特征，理解这种变化的前提是"头发"中的必有特征之一"固体"，先发生了一个转变，即被"液体"替代。那么按现代西方隐喻理论，认知性辞格都可归入隐喻名下。

因此，就隐喻来说，认知的难度等于诗歌中的晦涩程度。诗歌语言晦涩问题可转换为晦涩程度大小的问题，不可能存在绝对没有晦涩、一眼可以望穿的诗歌，否则它就不是诗歌了，而是隐喻含义固化或概念化的普通语言文本。

晦涩程度不仅取决于隐喻的上述历史类型，还与诗歌中隐喻与转喻的关系息息相关。隐喻与转喻可被描述为一场交换的仪式，二者彼此竞争。这一语言活动的"两极性事实"，表现在任何象征方式中，或是个人内心的，或是社会的，不可被人为割裂或被单极研究框架所取代[1]。隐喻源于聚合关系中的替换，形成相似性框架，处于纵向的垂直线上；转喻源于把替换的单位组织进邻近关系中，形成处于横向的水平线上。隐喻与转喻是语言系统的聚合与组合在认知修辞中的表现，替换最终落实在邻近关系上。隐喻由此有了转喻的色彩，而处于邻近关系的成分之间也可以相互替换；转喻也因此有了隐喻的色彩，即隐喻中有转喻的成分，转喻中也有隐喻的成分。那么，隐喻与转喻之间就具有了某种函数关系，方珊的《形式主义文论》[2]、周瑞敏的《诗歌含义生成的语言学研究》开始用函数关系图来表示[3]，后来陈仲义依据张力结构原理将之描述如下[4]，见图1：

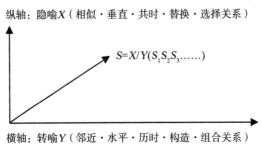

纵轴：隐喻X（相似·垂直·共时·替换·选择关系）

$$S=X/Y(S_1S_2S_3……)$$

横轴：转喻Y（邻近·水平·历时·构造·组合关系）

图1　隐喻与转喻的函数值

[1] 雅柯布森.隐喻和转喻的两极［M］// 激进的美学锋芒.周宪，译.北京：中国人民大学出版社，2005.

[2] 方珊.形式主义文论［M］.济南：山东教育出版社，1999.

[3] 周瑞敏.诗歌含义生成的语言学研究［M］.北京：中国社会科学出版社，2009.

[4] 陈仲义.现代诗：语言［M］.武汉：长江文艺出版社，2012.

这个图中间的箭头表明，任何隐喻都存在一个对应的转喻值；与此相应，任何转喻也同样存在一个对应的隐喻值。一首诗的晦涩程度就可以转化为客观的隐喻与转喻的函数值，当 X/Y 的比值越大，隐喻的色彩就越浓，晦涩程度也就越高。其比值的大小取决于两项间的语义关系，语义关系越疏远，比值越大。反之，语义关系越邻近，转喻色彩就越浓，语义就越浅显易懂，晦涩程度也就越低。但是两项之间的语义关系的远近在感性上容易识别，却很难从理论上加以描述，因为每个人的百科全书知识的框架与范畴认知都不是完美的，也不会完全相同。

除了这种客观的晦涩度外，还有主观上的晦涩成因。中国古人认为语言表意本身有缺陷，老子云"道可道，非常道；名可名，非常名"，陆机《文赋》里称"文不逮意"。那么，语言与表意之间的矛盾就难免导致晦涩。在作者方面，诗人有可能自命不凡，故意设定某些限制，也可能诗本身就写砸了。在读者方面，缺乏某种关于诗的知识背景，语言文化差异过大，直觉与审美判断力的贫乏等等，尤其是教育或传统中形成的阅读成规和习惯，文本若不能按此成规得到理解，诗歌就会显得晦涩。但读者方面跟诗歌教育有关，与诗本身无关。如果在诗歌教育中不能破除概念式解读诗歌的习性，就很难培养出现代性诗歌的合格阅读者。另外，如果社会有统一的信仰或宗教表达，有统一的道德意识形态，诗人的写作也在这个参照系之内，那么诗歌就容易被解读与接受，古典诗歌的情形就是这样。进入现代社会，诗歌写作的统一参照系没了，思想的统一性拆除了，个体之间的世界观差异很大，诗歌与人一样，都失去了部分可沟通性，这可能是造成今天诗歌普遍晦涩的重要原因。

三、作为艺术范畴的晦涩

臧棣有一个类似马拉美的断言，即"诗本身就是晦涩的"，因为"诗歌的晦涩有它的认识论方面的来源，人的认识本身就包含着晦涩的成分……明晰、明白无法完整地透析出生命的奥秘……内心、灵魂、意识活动，往往并不是那么容易理解的"，所以"暗示比直白更纯粹、更符合诗歌的纯粹的标准"[1]。从认识和内容本身的晦涩得出诗歌本身的晦涩，这个逻辑是有问题的，因为它应该得出"人的所有话语都是晦涩的"这一结论才对。内容本身的晦涩与诗歌本身的晦涩应该分而论之，诗歌的晦涩只跟诗歌语言本身特性相关，不可把二者混为一谈。从认

[1]　臧棣.新诗的晦涩：合法的，或只能听天由命的［J］.南方文坛，2005（2）.

识回到语言，语言有表意上的双面性，"要言语为人所理解，并产生它的一切效果，必须有语言……有点像把同样的词典分发给每个人使用"[1]。然而，日常语言中也会出现歧义、意义模糊、所指不明晰、交际中的误解等情况，这是因为语言虽然是社会性的，但言语具有主体性，每个社会成员说出的话语必然要受到主观性和客观性的双重制约。主观性方面有说话者的动机、情感、话语对象等因素。每一首诗歌在某种意义上说都是言语作品，言语中受个体主观性制约而导致的晦涩，也有可能被带到诗歌中来。这方面的具体描写，要数燕卜逊归纳的"含混七种"最为精当。

日常生活语言的稳定性，既体现为能指和所指对应关系的稳定，更是语词和事物对应关系的稳定。诗歌语言的指称功能较弱，因为诗歌表现的并非客观现实，而是诗人内心的感受与体验。在诗歌中，不仅平常的语词 – 事物对应关系会发生某种改变，语言系统中的能指与所指对应关系也会发生偏离。当这种偏离达到了让读者难以理解和接受的程度时，"晦涩"自然就产生了。例如江河《燧木》里的诗句，"他的额头冰凉有如朦胧月亮，心里鸟巢一阵阵骚乱"。"鸟巢"在词典中的概念意义是指"鸟住的地方"，而在这句诗中，"鸟巢"既不与外部事物对应，也不与语言系统中原本的概念对应，其意味已经超出了通常的理解。这一偏离被俄国形式主义视作违反语言常规，"无论从语言和词汇方面，还是从词的排列的性质方面和由词构成的意义结构的性质方面来研究诗歌言语，我们到处都可遇到艺术的这样一个特征：它是有意地为那种摆脱接受的自动化状态而创作的，在艺术中，引人注意是创作者的目的，因而它被人为地创作成这样，使得接受过程受到阻碍，达到尽可能紧张的程度和持续很长时间，同时作品不是在某一空间中一下子被接受。诗歌言语正好符合这些条件……这样我们就可把诗歌确定为受阻碍的、扭曲的语言"[2]。此即"陌生化"。具体地讲，诗歌语言受阻碍和扭曲的表现有二。一是"扭断语法的脖子"，这方面首先来自诗歌音律的要求，传统诗歌由于格律的要求，诗句常常为了符合格律而破坏正常语法，诗句从而与生活现实中的句子区分开来，成为"音句"。现代诗虽然是自由诗，但仍然继承诗句作为音句的传统，分行形成的诗句与实际句子也大都不同，其断句依据不是正常的语法规则，而是语气、节奏、强调等因素。二是破坏正常的语义搭配与语义逻辑，甚至同时适度

[1]　索绪尔.普通语言学教程［M］.高名凯，译.北京：商务印书馆，2008.

[2]　什克洛夫斯基.作为手法的艺术［M］//俄国形式主义文论选.王薇生，译.郑州：郑州大学出版社，2005.

破坏组合的句法，以创造陌生化的艺术效果。我们能感受到的晦涩很少是诗歌语言不符合语法规范，更多的是词语搭配不符合语义组合的条件。这种不搭配表现为形式逻辑上的错误，与现实世界相冲突，会使人们感到荒谬而难以理解。从符号学上看，现实世界是连续的，而语词是一个个离散的单位，人类用语言来认知的结果是，将连续的现实世界切分为离散的一个个部分，如物体、性质、状态、动作等。现实世界在时空中时刻发生变化，人类即使以离散的点的方式把握连续的世界，关于它的认知经验也还是无限的。日常生活中人类的经验类型有限且相对固定，表述经验的句子的语义结构数目也是有限的，与之相适应。然而诗歌中的语义是"超日常经验"的，也便会超越日常语言中的语义结构，比如"太阳闭上了明亮的眼睛""风暴掀起大地的四角""春天的浪做着鬼脸和笑脸"等，这几个例子中的"闭""掀""做"都要求具有"+有生""+施动"语义特征的名词与之搭配，而"太阳""风暴""春天的浪"都没有"+有生"的语义特征，那么这种体词和谓词搭配所显示的语义关系，就超出了人类的固有经验，导致人们感到难以理解，于是这些句子都不同程度地让人感觉到晦涩。

以上所述是诗歌艺术本性上的晦涩现象。但是，在特定诗歌中，某些艺术表现手法也会加强或减弱诗歌艺术的晦涩，比如象征派诗歌于晦涩有明显的加强，而今天以"反隐喻"面目出现的口语诗歌则会相对减弱晦涩。朱自清说："象征诗派要表现的是些微妙的情境，比喻是他们的生命；但是'远取譬'而不是'近取譬'。所谓远近不指比喻的材料而指比喻的方法；他们能在普通人以为不同的事物中间看出同来。他们发现事物间的新关系，并且用最经济的方法将这关系组织成诗；所谓'最经济的'就是将一些联络的字句省掉，让读者运用自己的想象力搭起桥来。"[1] 象征比隐喻"远"，"远"在它是现实世界与理想世界的差距，是有形与无形的差距，是现在与永恒的差距。象征派诗歌的语言具有强大的暗示能力，意味丰富而弥漫，读者只能通过诗人笔下的暗示，来到一个具有特殊气味与节奏的氛围里。象征主义作品的间接性与浪漫主义作品的直接性形成鲜明的对比，这种间接性必然导致某种程度的晦涩。其实，古典诗中的兴与意象未必不晦涩，只是由于古典诗教育的程式化较为成功，人们一般不会在程式化理解内再感到多余的晦涩。意象之"意"是最难说的，"尽意莫若象"，但"尽象"还是"莫若言"。"象"是语言之象或为语言所创造的象，文学理论中俗称为"形象"。赋、比、兴都是为塑造语言中的形象而产生的表现手法，而形象在三者中的地位不同，赋里

---

[1]　朱自清.新诗的进步［M］// 新诗杂话.北京：三联书店，1984.

最弱，比里的形象虽强但不独立，只有兴里的形象既强又独立。把兴拉到比里去是不对的，兴之独立指独立于诗歌主体部分的语言结构，如《周南·关雎》，"关关雎鸠，在河之洲"是兴。"由于兴的存在，意象获得了独立性，也就获得了无可比拟的丰富性。"[1] 这样的兴之所以显得不那么晦涩，除了程式化的教化降低了阅读的难度外，还因为传统诗中意象本身的因袭性与公共性较强，意象之意多沉积固化了。而现代诗的隐喻与象征往往具有强烈的个人性特征，晦涩度自然就大得多。

朱光潜《谈晦涩》一文认为诗歌中最难懂的是声音节奏，其次是意境，而意境之难并不在于语言的晦涩，而在于联想的离奇。朱自清把联想的离奇还原到语言上来，认为难以理解的诗歌是修辞中的远取譬（与近取譬相对）导致的。所以诗歌语言晦涩的最终原因还是回到认知修辞上来，能够更新认知的隐喻是"远取譬"的隐喻。诗人能够发现常人难以设想的完全不同类、没有任何可比性的事物之间的相似性，本体和喻体之间的不相容性正是诗人的创造与认知更新的差异性标志，但代价却是读者眼中的难以理解与晦涩。如顾城《梦痕》诗句："夜潮退了 / 退远了 / 早晨像一片浅滩"；舒婷《致橡树》诗句："我有我红硕的花朵 / 像沉重的叹息"；吕德安《父亲和我》诗句："滴水的声音像折下的细枝条 / 像过冬的梅花"，等等。"远取譬"若以一种没有喻词的隐喻方式呈现，晦涩度也会加大。本体和喻体直接相邻，要想理清其间的语义关系逻辑，需付出比平时多出几倍的认知努力，如北岛《宣告》诗句："从星星的弹孔中 / 将流出血红的黎明"；芒克《心事》诗句："即使你穿上天的衣裳 / 我也要解开那些星星的纽扣"。"星星的弹孔"和"星星的纽扣"都是偏正结构，但实际上是假语法，若将两个成分之间理解成修饰或限制关系，无论如何也说不通，最后迫使读者从隐喻关系上找到可理解的途径。而本体不出现的隐喻在认知上更费力，仅就形式上说，理解它的难度恐怕是隐喻中最高的，如江河《从这里开始》诗句，"头颅深处 / 一层层乌黑的煤慢慢开始"。"远取譬"和这种隐喻的结合，很可能会形成无解的危险。修辞上所说的通感也可归入这一类型的隐喻中，通感必是异类的通感，且语言形式上也没有额外的标记，如江河《接触》诗句，"两个人坐得远远的 / 声音毛茸茸地擦过 / 蜜蜂的脚"。

艺术表现手法归根到底还是语言形式的选择与创造问题，什么样的观念总能从什么样的语言形式那里得到落实与支撑。如果此言不虚，那么，诗歌的晦涩就

253 ·

[1] 邓程. 兴：中国诗真正的奥秘 [J]. 海南大学学报，2003（2）.

是可以调节的，在隐喻和转喻之间，在隐喻的不同表现形式中，晦涩的度完全可以做到与特定的审美趣味相适应。

（选自《江汉学术》，2024 年第 2 期）

中国诗歌网诗选

棋　子
/ 黄梵

棋子的理想，是不再杀戮
是返回棋盒的军营，盖着棋盘的薄被入睡
但它移不动自己的命运
它的一举一动，都来自人的心机

它扮演兵卒、马匹、战车、将军时
是人的欲望，找到了一个度假胜地
棋盘上的战争，延续着生活中的争斗
棋赛，让无欲无为的发愿，都变得徒劳

兵卒吃掉了迎面的将军
流出的血，是棋手脸颊亢奋的红晕
对棋子的死，棋手已经麻木
他无法从棋局中出来
适应没有争斗的孤单

棋赛，让老实巴交的棋子
纷纷成为暴徒

过小高山
/ 阿牛静木

只要翻过小高山，云便近了
内心好像有了一个坡度
好像我们不是坐车回去的
而是按着云的方向，顺着一把梯子
轻轻地滑落下去的

只要翻过小高山就能看到
我的家了。云朵挂在枝丫上
像我的祖父在槽池边饮马
云连着云。山连着山
像一个苦命的人。山路十八弯
才能达到顶点，抽着旱烟
细数着过往的人生。像
一朵云一样可以平稳降落了

只要翻过小高山内心便有了
一种速度。云推搡着云
但你要尽量开得慢一些
以免把那些云冲散了

林 间
/ 李继宗

风打草惊蛇，落叶咣一声落在石头上
或者咣一声
落在不远处的河水里

各种颜色的果实齐头并进
像不愿错过
这个，头顶上天特别蓝的时刻

斑蝥，蜘蛛，更多的鸟
河水流过小桥时
声音像特别压抑，也像特别开心

山顶上，乌云正卷积着什么
天空将扔下闪电，寂静
可以数出来，有一只，两只，三只

她叫荒芜
/ 陌小小

把一棵草看上千遍
就会蔓延成草原，就会万马奔腾

她需要，枯草之上
返程的春天
包括早已遗落的对话和沉默

而云影的宠溺，阻止不了落日
一点一点将她涂旧。头发越来越蓬乱

等了很久的人，潜伏山谷
终归化成风，化成雨，化成霜雪

旷野在燃烧。回去的路
和那匹白骏马，都深陷于苍茫

一根木头滑过我们头顶
/ 子溪

想起那年伐木，一根木头
滑过我们头顶，坠入谷底的声音
至今沉闷在时光深处
后来，我们走出林子
那根木头的影子一直拖在身后
每走一步，就有一声巨响
击垮我们渐渐弯下的腰身
有时候觉得，我们
就是一根木头，在冬天

可以燃烧，可以取暖

宛如群山之巅，唯一可见的太阳

滑过我们头顶，只在瞬间

就听到它落在林子里的响声

欣慰的是，那一刻

我们遭遇的那根木头

和我们的命运休戚相关

当它滑下山谷时

就像完成了一次华丽的转身

寄 生
/ 姜巫

当你从身体的房间里醒来，

看到对面楼顶的天台被阳光刷上白漆，

有座花园多好啊，你这么想着，

在这蓝如北方的天空下，

春天穿上了藤萝的碎花裙。

你的灵魂汩汩作响，

怜悯你那邋遢无趣的人生，

是的，在这之前你从没爱过自己，

没有爱过，顶多是自怜、自私。

去吧，像爱你所爱之人那样，

假装穿越到另一个人身上。

赠 予
/ 剑语

落日移走松枝上最后一丝光线

很快，热泪暮色中凉透

时间止于积雪，炉火复燃于灰烬

那个年代，除了背靠南墙
还有别的方式可以取暖，比如露天电影
散场后余音未了的配乐来自古琴

母亲也是琴，忍住断弦之痛
再次成为怀剑的人，赠予十月啼哭、冰霜
亲手剪断脐带，将这柄剑交还尘世
赠予它生，赠予它漫天星辰

多年以后，放任暴雨中锈蚀与嘶哑
直到春风苏醒，飞越千山
我们，各自怀念
怀念……一匹白马一闪而过

老家的黄昏

/ 牧村

日下西山之后，有云朵在晚霞中
搬运自己，除了静，还有黛色的山峦、流水
鸟鸣和侗寨的简介

山鸟纷纷抖落最后的一缕余晖
隐入林间，一起归隐入林的，还有一条
指向不明的野径

蛐蛐开始一场歌咏，夜莺还想为一段惆怅
喋喋不休，只有清水江默默无闻
借着星辰赶路

黄昏下，被晚霞渲染的远山
离天空越来越近，暗下来的天色
被飞鸟依次放入田间

我喜欢这样的黄昏，喜欢老家黄昏
散落在山腰吊脚楼里的灯火
和被山风送远了又拉回来的炊烟

宿 命
／ 李传英

打开处方的人，小心翼翼展示出一株植物的属性
经过炮制之后
没有了鲜活的张扬和肆意

药性，似乎才浸泡出来，河流，山川
来自大自然的馈赠
都在一张纸上，以陡峭的姿势
跳跃

久居小镇的人，删除了多余的枝梢、花蕾
删除了多余的春色
辛夷还是飞翔的样子，等待一声呐喊
腾空飞出去

藤椅上的岁月苍老，蒙尘
小镇安静，经年不见陌生人经过
客居

月亮还在同步播放着陈年旧事，有时清晰
有时模糊
万物都有自己的轨迹

《硃帘寨》

68cm × 68cm

水墨纸本

罗彬　绘

"情"的根系与民间的"复魅"

——2024 年春季诗坛观察

／ 钱文亮　黄艺兰

引言

　　春季，是一个天然具有"跨界"属性和气质的季节。本季度诗坛上，有诗人关注"小传统"，钟情于民间文化与节日习俗；有诗人心寄天地，诗酒趁年华，纵情交游唱和；有诗人与内在自我对话，修炼诗歌技艺，总体上呈现出一派勃勃生机。如此缤纷炫目的热闹景象，诚如柏桦的诗句所宣告的那样："来了，哈哈大笑的春天来了。"(《春》)

一

　　美国人类学家罗伯特·芮德菲尔德曾提出过著名的"大传统"和"小传统"理论，前者指的是由精英阶层和知识分子所代表的经典文化，后者则指的是由农民所代表的民间文化。当然，两者之间的界限并非泾渭分明，但对"小传统"的书写的确可以看作近年诗歌实践的一个面向。伴随二十世纪八十年代第三代诗歌的兴起，回归日常、关注非主流经验及普通人生活的倾向已被诸多诗人实践，也被诸多诗评家所瞩目。值得注意的是，近年一批诗歌逐渐对于日常生活中的民俗文化投注了更丰富、更细微的目光。尤其是在本季度的诗坛上，不少诗人都对家乡的民间习俗给予了新的关注，进而展开了多面向的节庆书写。

　　2024 年 1 月，《滇池》文学杂志的《面对面》栏目邀请了青年诗人徐建江、许书俊交换各自的诗歌，互读互评。有意思的是，两位诗人不约而同地选择了具有家乡民俗特色的小诗。徐建江的《中元小调》以中元节为题，通过观察和学习父母点燃火焰和呼喊过世亲人名字的这两个动作，唤醒自我内心深处关于家族的集体记忆。许书俊的《黎祖神像》《泼水节记事》等诗则具有强烈的南方地域特色，以诗歌的方式再现了城市节日的视觉景观，打造出一个人、神、鬼共生共存的世俗世界。两位诗人对于节日的书写都与现实维持着程度不等的距离，进而发展出一种对文化和城市的私人化的想象。诗人们在诗中所持的态度并非超脱单纯的旁观、把玩或鉴赏，而是一种重新建构传统的努力，因而为我们了解传统民俗在当代世界中的文化意味提供了新的视角。

胡了了《节日》一诗的主题是中国民间流行的"鬼节"习俗。在中国的传统文化中，"七月半"也是"鬼节"之一，在佛教文化中则称盂兰盆节，节日期间主要有祭祖、放河灯、祀亡魂、焚纸锭、祭祀土地等习俗。"七月半"往往被视为一种特别危险的节日，因为这一节日恰处于阴阳交接之时，是一段"不存在"的非理性时间。在这个时间段，整个世界被颠倒过来，失去了以往的日常秩序，各种神鬼精灵也来到人间游荡。诗人正是将这一节日放置于轮回不息的时间维度中书写："节日又要降临，魑魅又要现身 / 死去的灵魂会不会飘回来 / 像几十年飞化的纸钱"。诗人强调了时间的距离感和回环感，然而在拉开距离的同时，又在帮助时间的痕迹说话。此外，诗作整体还带来一种鬼魅的神秘，写的是关于过去的事情，和"灵"有关系。周舟的散文诗《十月一》同样涉及对祭祀节日的书写。"十月一"即"寒衣节"，时间为每年的农历十月初一，是中国传统的祭祀节日，人们会在这一天祭扫烧献，纪念去世的亲人，谓之"送寒衣"。该诗多次强调时间的概念，如首句便是"十月一，送寒衣 / 寒冷在加剧"，借助身体对于气温的切实感受，来寄托无法消化的乡愁和亲情。

对于中国人来说，春节或许是最重要的节日。本季度不少诗作以此为题，写尽新春佳节期间大江南北的人间烟火气。哑石的《年货》《十五》等诗活色生香，由香肠、腊肉等春节年货，想到种种人心变幻，趣味盎然又不失哲思的深度。赵晓辉的《立春日滑冰有作》写的是北方人过年期间传统的娱乐项目"冰嬉"，但诗人以细腻的笔触转化了这一主题。诗句如"隐秘之舟却有轻盈的超越"，描述溜冰动作精确到位而不失轻盈之态。唐力的《布老虎之歌》则以传统的民间工艺品"布老虎"为书写对象。山西布老虎是一种古代就已在中国民间广为流传的传统工艺品，起源于虎图腾崇拜，具有驱邪、祛病、祝福的美好寓意。诗人按照他与这一摆件的关系入手，描写从对峙、观察、想象，到相知，再到相伴的整个过程。布老虎始终守护着诗人的梦境，一夜过后，"在这个明亮的清晨，我们相对而立 / 它的灵魂，伸出了双手，拥抱住我的孤单"。诗行内流动着自然而蓬勃的气韵，激活了潜藏其中的健康天性和民间粗犷的生命气质，读来令人感动。

犹木的《春天花会开》同样以"春"为题，但目的却在于呼唤记忆。诗人从儿时居住的老式居民楼写起，回溯广场等童年空间意象。古希腊神话、荷马史诗中常说的"乡愁"（nostalgia）的概念，说的其实就是"回不去"三个字。正因为回不去，所以激发诗人种种的想象与回忆。诗中诸如"忧伤是束珊瑚礁，／是下颌紧闭的楼道里，那粒／虹蓝的月亮，落在他脚边／悦耳地打着转"等句子，意象纤细灵动，情感细腻丰富。诗人元媛以《辛劳的一年》一诗为过去的一年做结。在诗歌末段，诗人宣称"世界已无孤立之岛"，而"我与你肩并肩，走进更严峻的深冬"，以并肩走入寒冬的形象，表现出了人类全体隐藏在季节轮换之下坚韧的生命力量。

二

民间文化丰富而生机盎然，中国当代诗歌对于游侠风气的接续也是有趣的一个话题。正如史学家王鸿泰所观察到的那样，明清时期城市中的游侠活动，及其所衍生出来的各种社交场合，为士人提供了一个可以重新伸展生命活力、表现自我的社会场域。本季度的部分诗人正表现出对于传统游侠风气的继承，他们将自我形象塑造为侠客，借用"漫游"的方式，营造表达空间，同时也确认了自身的生命价值和意义。

杨克的《黄河远上白云间——念此际多少斯人同游长河》一诗气象阔大雄伟，同时跨越了历史和空间的维度，召唤出古代的李白、王维、岑参、杜甫等诗人，建构出古今诗人在历史和空间的长河中彼此联结呼应的动人图景。杨骥的《我与一阕词中的典故是同籍》一诗灵感来源于诗人一次逛古祠、观石碑的活动，当他发现自己竟然与景点中的一阕词中涉及的典故人物是同籍人士以后，便想象性地尝试与这位古人对话，言辞间反映出了诗人游于物外、自由旷达的思想情怀。薄暮的《最后一次与蒲松龄聊天》同样虚构了一位书生在夜晚召唤蒲松龄，与之对谈的故事。诗人极其浓烈的感情全部蕴含在与蒲松龄的古今对话之中；但是蒲松龄的形象却不是实实在在的，而是缥缈不定的，如同一个历史的幽灵或是鬼魂，与诗人产生灵魂层面上的共鸣。茱萸近年写过不少现代怀古诗，本季度发表的组诗十首《酬赠与游尘》再复古风，记录其日常与友人的出游、聚会、座谈等文化活动，在广阔的空间与古今的时间之间辗转腾挪。诗人的写作与其交游活动相配合，在诗酒酬答的场合中展现自我文采，乃至生命价值，建构了一种新的身份认同，开启了新的社会活动，进而营造了新的文化表现形态。

在当代诗歌的脉络中，最具游侠气质的或许是以李亚伟为代表的"莽汉"诗群，这一问题已经得到了柏桦和余夏云的关注。在本季诗坛中，也不乏心在天地、驰骋远方的新游侠诗人的形象。青年诗人高若栋的诗歌饱含侠客之气，其组诗《西行纪事本末》以敦煌和老春台两个地理历史空间和一个历史人物为切入点，观物思怀，由此及彼，由史抚今。王永苓的《夜饮高升桥》同样颇具游侠气质，风格孤独却热烈，诸如"我看见他眼睛里长出一片 / 赤红色的高粱""它们随风摇曳，一把火 / 就萃出一个完整的寒冬"之类的诗句，皆包含着对自由生命的追求和呈现。罗霄山的《孤独的夜行人》则塑造了"打着响指，吹起口哨，/ 穿行于鬼影幢幢的垭口"的夜行人形象，如同一位孤独的侠客行走于天地之间。育邦的《黑松林》看似在写自然风光，但实则暗含侠气。诗人和友人结伴共同游览森林时，仿佛被生活磋磨消失的锐气又重新回来了。诗人把路边的蕨叶比作"荒凉的利剑"，直指内心深处的孱弱和软弱。通过这趟自我发现之旅程，诗人同友人一同"找回先前的自我——/ 黑暗中的浪子"。

如果说男性诗人可以借助"游侠"方式的写作，将被规范或是制约的写作能力重新解放，那么对于受"足不出闺房"的传统礼教观念约束的女性来说，突围则更需要力量。海男在其长诗《旅人书》中，描述了诗人如何"带着诗人的身份"，独自在山川河海之间游荡，塑造出一个孤独却与自然共生的侠女形象。袁永苹则将有关性别的维度引入友谊的叙述，其《瞬间精确的拯救》中的句子便以生动的图景描述出了这种"群"的关系："始终相伴，从彼此的手臂上我们寻找 / 人的引力，我们在身体内迅速召集群鸟，/ 传导大脑的雀跃。"以引力、鸟群这样轻盈的意象，描述"群"的动人力量。

随着城市化的进程，中国的出版业与阅读文化日益发达，阅读和写作成为一种引人注目的文化现象。欧阳江河的《世界读书日》一诗虽以"读书日"为题，却在诗中解构了关于书本的一切："神并没有假定它们已写了出来 / 也没指定谁是写作者 / 谁是焚书的、终成灰烬的读书人"。如果说法国理论家罗兰·巴特所提出的"作者已死"解构了文学作品，那么欧阳江河则进一步指出作者、作品和读者皆无定论——"事物破碎了，中心不复存在"。虽然谈至此已经离"游侠"话题颇远，但是同样为诗歌中"群"的构建这一话题提供了另一个侧面、另一种可能。

三

随着学术研究前沿情感转向的兴起，有关"情"的话题再度得到人们的关注。在诗歌创作的过程中，情绪、情感和身体行为息息相关。沈从文曾在随笔中将自己的创作称为"情绪的体操"，具体分为两种：一种是能够使情感"凝聚成为深潭，平铺成为湖泊"的体操，另一种是"扭曲文字试验它的韧性，重摔文字试验它的硬性"的体操。两相结合，既强调感官体验与感性情绪的表达，也重视独立的思考能力与自由的创作意志。根据这一观点，也可见身体与情绪之间的深刻关系。所谓情动于中，身体便是中介，勾连着情感、官能、感知、记忆、沉思、想象等诸多概念。本季度的部分诗人积极探索身体、动作与情绪之间的关联，在形而上的思辨中形成了独特的情感书写。

蓝角的组诗《木陀螺旋转》以"旋转"这一基本的体操动作，营造出生命螺旋上升的态势，在不断的回环往复中确认自身。正如诗人在其夫子自道中所说的那样，自己的诗歌在整体上呈现出一种"让人惊讶的深度摩擦"，读来"越持久／越迂阔／越高亢"。无独有偶，安连权的组诗《橡皮屑与波斯菊》中几乎每一首诗都涉及"旋转"。《陀螺》中的主人公每天一有机会就练习转陀螺，陀螺"跟随这个世界旋转／或者反过来，带动这个世界"。此外还有"洗衣机的漩涡"（《洗衣机》），"铅笔在转孔里旋转／而他跟着这旋转旋转"（《橡皮屑与波斯菊》），"透明月色的手中锈钥匙的影子／在一次次徒劳的转动中／变得越来越冰凉，和沉默"（《门》）。通过旋转，诗人似乎达到了物我两忘的境界，似乎又在无休无止的旋转中耗尽了自己的一生。龚纯的《九江云物坐中收》则强调"坐"与"收"这两个颇具禅意色彩的动作。在这首诗中，诗人创造了一个闲散无为的王国，充溢着忧郁、快乐、悲伤等多样化的私人情绪，并在其中思考身体与灵魂的关系。

除此以外，沈从文还提醒我们，有些时候"你得离开书本独立思考，冒险向深处走，向远处走"。此乃"情绪的散步"。其实许多哲学家都喜欢散步。哲学家卢梭在《忏悔录》里提到他只有走路时才能够思考，其心灵只跟随两腿的行动而运。丹麦哲学家克尔恺郭尔同样宣称，只有散步才能让他进入最佳的思想状态。李海洲的《某个秋日的散步》正是通过精心构造情境，呈现出"散步"的哲学意味。周丹的《河边散步》取材于日常生活中的一次午后散步，在时间的长河中，诗人并非以奔跑，而是以散步的姿态体验生命。诗人的《仿佛蝉蜕》同样令人印象深刻，其中"那灯光如一种模具间的液体，正好复原出一个离开的你"一句比喻想象奇异，有着强烈的视觉效果。至于散步所要到达的目的地，并不重要。正如曹僧在组诗《去那里》中所说的那样："去那里，那里可能也正／翻着田陌土岸去另一个那里"。正是无穷无尽的"那里"，构成了生命诗意的远方。

德国哲学家莱布尼茨在《神正论》里有这样一句话："人们喜欢迷路，而这正是一种精神散步。"因此对于另一些诗人来说，有时候在散步时迷路，脱离既定路线，也别有趣味。草树的《雨中出租车》在构建城市迷宫的同时，也在寻找确证自我的道路，"一条通向自我的道路在迷茫中／时隐时现，充满危险"。此诗中，"那么雨刮器的刮擦声中／打开关闭打开的扇形／就像古老的犹太人描述婴儿的眼睛"一句尤为有趣。诗人将现代的汽车雨刮器和古老的婴儿的眼睛并置，产生一种时间与空间上的纵横感，令人想到媒介考古学家齐林斯基所提出的视听技术的"深层时间"概念。当然，行走中偶然出现的停顿也有其独特的意味。黄章玉的《雨中》构筑了一个虚构的场景：在密林中迷路的男人，竟然看见时间的锯斧在他面前挥舞不停。这一情景的奇妙之处呼之欲出，但欲言又止，赋予了迷路以深远迷人的意味。李鑫的《停顿》一诗则是描述停顿给他带来的思考和启发，"我的停顿中，经过我自己／越过我自己／似乎有另一个我，正在侧身／给我让出一片新的天空"。在这首诗中，停顿成为时间的留白，成为自我更新的空间。

至于夜晚，总是容易让人误入另一非理性的梦境。正如袁永苹在《随机波动》一诗中所说的那样，"夜晚的来临，／允许我们享受一次／随机波动"。桑克的《半夜的信》让柔软的词语和暧昧的语调彼此牵引、飘荡，带有爱欲色彩的精神漫游，"纠缠你／用手，用触角，用触须／在旅馆，在森林，在湖，在海／在日，在夜"。夜使触觉和视觉都分外敏感，信件的私密性又更添神秘蛊惑，刺激诱发了诗人的情绪。秦三澍的《两层雾》主要围绕"嗅觉"和"视觉"两种知觉模式展开，而背景和幕布则是一个雾气弥漫的黑夜。诗句"一种怎样的你穿进雾中风景，／景色用悠扬的鼻子嗅走秒针悲吟"令人印象深刻，被雾气遮蔽的情绪在夜里肆意流溢，带着不可抵挡的威力。杜绿绿的《脸庞》一诗书写的是具有超现实主义气质的梦境："当梦境更深，我路过树林和草地／一个荒废的荷塘正在路的尽头／那些脸啊，悬挂于此。"在另一首《白日梦》中，梦境刺激了诗人对于形体的思考，促使其提出"有形与无形区别不大"的观点。的确，形式不会一成不变，它们可以形成、改变、解体，甚至可以完全消失，正如梦境般不可捉摸。李少君的短诗《傍晚》看似简单，却别有心意，在短短的句子内描述乡村的夜色如何随着诗人呼唤父亲的声音的高低而时聚时散，最后正是"父亲的答应声／使夜色似乎明亮了一下"。整首诗读来气韵生动饱满，极具动态图像感，引起的情感共振如水波泛起的涟漪般层层散开。

当代的黑夜书写往往与精神疾病相关联，具体表现为抑郁症、失眠症、神经衰弱症等症候。一批诗人在处理悲哀、苦痛、烦恼等精神状态的过程中，反思并揭示了造成人类精神困境的缘由。刘康的《抑郁简史》涉及"抑郁症"这一当代社会症候性的精神疾病，其书写既具有私人性，同时又在探索人类精神困境。姚风的《一首没有写完的诗》语涉黑夜经验与失眠体验；另一首《黑夜之书》则将黑夜具象化为一部情景剧——"我打开一本黑夜的书 / 一群蝙蝠迎面扑来 // 猎杀了所有的星辰之后 / 它们吊挂于我的肩膀上"，喻体与喻体之间的转化奇异而丝滑，整首诗歌就像一本打开了就无法合上的书，兼具潘多拉魔盒的危险与诱惑。陈与的《故事手册》则是借助"他者"讨论"自我"："他借他者去完善如来身 / 像蛰伏在镜子背面的水银"。在诗中，"他"所遭遇的是一面自我反射自我的镜子，使得多重分裂的他化作一个处于阈限状态之中的幽魂，却恰恰获得了在历史和现代之间游移不定、来去自如的特殊能力。

在近年的诗坛上，常常可见关于"术"的写作。"术"原本是一个道教用语，指的是方术、方技或艺术，即用神秘方法改变外物、召役鬼神、占验吉凶以及改造人自身的各种方法。从广义上来说，无论是古老的巫术或是法术，还是新近引发热议的 AI 或 ChatGPT 人工智能技术，都隶属于广泛的技术哲学的范畴。在现如今，诗歌如何在全面技术化的时代开启一种综合创造的可能性，是当下诗人不得不面对的诗歌难题。

在种种技艺中，本季度诗人对"平衡术"的兴趣似乎格外突出。"平衡"是中国古老文化哲学中的部分，所谓阴阳五行学说皆是其具体表现。而寻找物体的重心并保持物体平衡的一种技术，则叫作平衡术。对于平衡术这门迷人技术的兴趣似乎是当代诗人经久不衰的写作动力。此前臧棣就有以《平衡术丛书》为题的诗歌创作，本季度诗坛上又再次集中涌现了一批关于这一主题的写作。胡正刚的《平衡术》回忆童年时父亲挑稻谷时如何保持肩头的平衡，母亲挑水时如何保持水的平衡，春耕种地时如何保持耙架的平衡，最后将时间线拉回现在，感慨最难习得的其实是生活的平衡术。练习平衡术，可以锻炼人的定力，要求的是安静和耐心。从可以观察到的有形之"术"，到难以参透的无形之"术"，诗人循序渐进地探讨着生活的哲学。李米的《平衡术》主要描写如何在冬日的湖中叉鱼，但是在如何获得一尾鱼和如何在写作中获得一个词语，以及如何在生活中获得一个确定的命运之间建立了联系。班知的《关于平衡术》则是抓住了亲密关系中的"平衡"这一关键词，用细腻的语言对其进行诠释，描述了一种具有深度的情感关系。

除了"平衡术"以外，"隐身术"也是颇受欢迎的一门技艺。陈思择的《藏身术》运用了周公梦蝶等关于动物的传统典故，却别出心裁，以"藏"与"显"的辩证法加以解读，与苏轼飞鸿雪泥之诗句有相似性，读来令人产生怅然及不可知的生命感受。诗人另有《陨石迫近的夜晚》一诗，将宇宙和自然景象彼此混搭，建构起神秘不可解的宇宙图景，其中深藏着关于诗歌语言的奥秘："无数陨石在那棵树中相互撞击，劈向／我对你说出的第一个词语"。胡马的《灰鹭和隐身术》写的是一只施展隐身术的水鸟，其出现有如"诸神在我们身边寂然行走"。鸟儿出神入化的身形蕴藏着无限有关诗的秘密，无怪乎诗人会怀疑它们那神秘的身影中隐藏着幽灵般的特性。此类写作也令人想到钟鸣创作于二十世纪八九十年代的长诗《凤兮》。在那首诗的结尾，诗人同样宣告他在灰烬中看到了凤凰"华丽的隐身术"，为的却是找回中国传统文化的精神图腾。

所谓道法自然，一批诗人选择从自然物象中汲取"术"的灵感。津渡的《大潮》一诗乃是一首"硬碰硬"的诗，描写直面大自然时"最简单，也最高明的技巧"："每当潮水的意志高涨出一寸／山就向前跨出一步，一种宏大／与另一种宏大对抗，在我胸口撞响"。如果我们对这首诗所包含的视觉经验和意识经验稍加关注，那么我们就能发现"大潮"并非只是诗人所要描述的对象，而就是这首诗本身的形态、本身的气质。有意思的是，荣荣的《小流水》和津渡的这首诗恰好可以成为一组有趣的对照。《小流水》这首诗很简单，字面上讲的就是如何留住一截看似留不住的水。诗人提醒我们要想抓住流水，"不要阔大的，先来个小的试手"。然后诗人又详细告诉我们如何挑选记忆中的片段，如何捕捉，取标题，增加色彩，雕琢词句。这首诗表面是在写捕捉流水，实际是在隐喻诗歌创作的过程与技艺：当我们将视野聚焦于一点，便不会迷失在过于宏大无边的辞海之中。史蒂文斯指出，诗歌创作乃是一条穿越幻象的上坡路，我们越是穿越它，它就越近越密地聚拢到我们周围。这一诗学观念与荣荣的诗歌有着异曲同工之处。此外还有孙捷的《深入空旷》，此诗选取了自然中变动不居的流动物，如水波、细柳、风和云彩，让它们彼此呼应，构成诗人修炼自身心性的场域："深陷空旷而毅然决然／目送流逝也是修炼的一部分，其中／最难得的是那个深入空旷的人"。关于如何渡过人生中的瓶颈和困境，诗人给我们留下一个独自深入空旷之地的背影。

至于鱼虫微物，都具有神性的一面，同样能够为诗人提供有关"术"的灵感。

问题在于在祛魅了的现代社会理性逻辑中，我们是否还有足够敏感的眼睛去发现这些奥秘。人邻的《黑甲虫》一诗其实非常简单，主要就是描述了正午时分空旷广场上的一只黑色甲虫，然而诗人却将语言语调的松紧与视觉图像完美地融合在了一起。当诗人在描写甲虫时，他说的是"一只黑甲虫／紧紧／立住自己"。当他描写广场时，他说的是"这多余的空白／徐徐地，几乎要到了天边"。巧妙地通过诗行的长与短、语调的松与紧、色彩的白与黑，诗人制造出了多组强烈的对比。而末句"一秒一秒／时间过去／整个广场，没有第二个词／出现"，将"虫"转化为"词"，孵化出无数语言的可能。诗人看似写虫实则写语言，言有尽而意无穷。对于本季度的部分诗人来说，他们所感兴趣的正是昆虫寓意着的某种强大的原生力量。如杨孝洪的《硬壳虫》、弗贝贝的《黑蚂蚁》，以及梁小斌的《蟋蟀与枫叶对弈》，皆是以昆虫为书写对象，通过观察和描述，使生命经验和智性的思考从微物内部自然绽露，并与其对话。

技术遭遇科幻，往往也会碰撞出奇妙的思维。《星星》诗刊新设《科幻诗》栏目，刊载国内青年诗人所创作的科幻诗歌。手石的《实验室》一诗探讨如何用技术交换艺术，邹弗的《虚拟，或星球观测》一诗则探索情感与技术之间的关系，都成为科幻和技术主题融合的证明。然而从另一程度上来说，科幻也以其独特性挑战了技术的绝对统治。曾雷霄诗中所谓的"潜伏的暗物质"，便道出了宇宙的幽暗和不可知。

此外，还有一个关键词在本季度的诗歌中频繁出现，那就是"者"。"者"与"术"相关，原本指的是由每一个首领分别完成的仪式，后引申为"个别"的意思，比如作者、读者、孙行者等，同时也指称不同行当的人。在中国的文化语境中，掌握某种"术"的人往往被称为"者"。川美的《虚构与虚构者》一诗便"虚构"了一个"虚构者"的角色，"虚构者深谙虚构之道／他有虚构的技艺／更懂得虚构的力量"。这一角色的目的在于解构真实，以不稳定的颤音代替字字落实、一锤定音的果断，以此获得一种"逃逸"的可能。郑泽鸿的《生活演奏家》则描述了一位在夜幕中独自演奏的吹笛者，以简单质朴的语句点亮了一次日常生活中平凡人身上的光芒。李宏伟的《夜钓人》书写的是一位在湖边"不断试探夜色"却一无所获的钓鱼者，最终"鱼饵已去，空气中保留着徒然的形式"。在这首诗里，核心在于打机锋，也即夜钓者已经不是主词，相反，"空无"成为这个夜晚或者说全部生活的本质。姚辉的《在崂山》则语关梦境、魔法与西域幻术，以诡谲的笔调描绘了一个掌握"穿墙术"的崂山道士，在其西西弗斯式的一次次穿墙而过的行为中，包含着一种本源性的执着和渴望。在另一首名为《时间需要维修了》

的诗中，诗人则塑造了能够修理时间的父亲的形象。笨水的《面壁与破壁》借鉴了刘慈欣在其科幻小说《三体》中创造的"面壁者"和"破壁者"角色，表面在写观看墙壁的人，实则在写如何突破现实中的困境，以及灵魂和身体的辩证法——这也是一种关于"心"与"眼"的技术。

在具体的语言实践方面，不少诗人展现出了诗歌最本质的技艺，在诗歌语言的本体意义上进行了有效的探索。蓝蓝的《有所思 1》致力于发明新的拼音、新的语言、新的文字，诗歌末尾所使用的比喻既是语言生产的过程，也蕴含着语言的原生力量："用船桨 / 推开五亿万吨黑暗的压力"，"或者至少，抱紧内心的伤口，/ 在沉默里分泌你幽亮的珍珠"。严力的《洁癖》《除了》《甚少》等十一首近作一如既往地有力，其诗歌语言简单却犀利，如同超声波一样快速且深入地抵达词与句的深层，引发诗歌结构中的"微型地震"，不仅震碎了附着在词之上的坚硬外壳，同时也断裂了词与物、能指与所指之间的联系，使其纵横聚合、随意混搭，从而获得一种诗歌语言的自由，也剖开了现实的褶皱与黑暗面。谈骁的《河里没有鱼只有钓鱼的人》中亦有令人印象深刻的诗句："用尽了童年的耐心，我们久久站在河边，/ 一种对虚无的热爱回旋在我们手心，/ 一条河流被我们轻轻地提在手里。"诗歌语言举重若轻之处正在于此。

诗的技艺是否会退化为"为了技艺而技艺"？对于这一问题，草树以其《算力和云，或潮宗街》一诗给出了回应："每一个瞬间都被数字化 / 每一个地方都在比拼 CPU 和 GPU"。但即便如此，在世界的某一个角落，"就还有后门吱呀一声：一个孩子等在那里"。这幅动人图景意味一个新的历史通道将被打开，并展现出通往未来的新可能性。正如胡桑在谈及诗歌中的情感与技术这一话题时所指出的那样，"情感技术虽回应了数字技术，却并不臣服于数字技术"（《情动于中而有诗：当代诗的情感技术》）。

小结

古老的人类情感正在遭遇强大的技术理性，本季度有更多诗人开始直面二者的碰撞、交织，在茫茫宇宙中，感知每一次微小的共振。那种贯穿于无限的"微小"的东西其实恰恰是"宏大"的，也就是普遍的或普世的。在现代化所带来的巨大断裂之前，文化和历史传承，可能成为意义产生的源头，并在诗歌的不断诠释下，成为人们重新建构现实的基石。同时期诗坛上出现的"技术"这一共同主题，构成了某种人类文化乃至精神境况的寓言。从这些微小的共振和透光的裂隙中，诗歌艺术在当代社会中的真实处境得以显明。

※ 本文资料来源主要为 2024 年春季（1—3 月）的国内诗歌刊物，包括《诗刊》《星星诗刊》《扬子江诗刊》《诗林》《诗潮》《诗歌月刊》《江南诗》《草堂》，以及综合性文学刊物《人民文学》《十月》《作家》《山花》《作品》等。除作者姓名、诗题，诗作发表刊物与期数不再一一注明。

图书在版编目（CIP）数据

诗收获. 2024 年. 夏之卷 / 雷平阳，李少君主编.
武汉 ：长江文艺出版社，2024，8. -- ISBN 978-7-5702-
3720-3

Ⅰ. Ⅰ227

中国国家版本馆 CIP 数据核字第 20242TD039 号

策　　划：沉　河
责任编辑：王成晨　　　　　　　　责任校对：毛季慧
封面设计：祁泽娟　　　　　　　　责任印制：邱　莉　王光兴
封面插图：罗　彬　　　　　　　　内文插图：罗　彬

出版：长江出版传媒　长江文艺出版社
地址：武汉市雄楚大街 268 号　　　邮编：430070
发行：长江文艺出版社
http://www.cjlap.com
印刷：武汉市籍缘印刷厂

开本：720 毫米×1000 毫米　　1/16　　印张：17.75
版次：2024 年 8 月第 1 版　　　　2024 年 8 月第 1 次印刷
行数：7672 行

定价：58.00 元

版权所有，盗版必究（举报电话：027—87679308　　87679310）
（图书出现印装问题，本社负责调换）